去有花的地方

陈慧 著

宁波出版社

果麦文化 出品

早上八点半,骑上我那辆十三岁的红色铃木 125 摩托车,向五十五公里外的慈溪下舍蜂场前进。车座后的纸箱里坐着我的四眼傻狗小安。

蜂场的面积不小,厚实的杂草如同地毯般柔软,蜜蜂漫天飞舞。

打又打不过,甩又甩不掉,只能惊慌失措地驮着一团蜜蜂没命地往帐篷里逃。

洋槐花开得沸沸扬扬,散发出沁人心脾的清香。

赶集日早上,集市上排列着五颜六色的货品,小贩和顾客扎了堆,人多得像刚刨出来的新土豆,遍地都是。

一块很大的玉米地与蜂场仅隔了一道窄窄的沟。我站在帐篷边,不时望见五彩斑斓的公野鸡在对面起起落落地撒欢。

明晃晃的日光下，从山中飞出来的鸟儿，看起来顶多像树林中的一片叶子，倏地一闪便消失在白茫茫的天空。

六棵枝繁叶茂的大榆树,树冠亭亭如盖,彼此相融,形成了一片天然的遮阳网。唯一明显的缺点是牛粪——很大一堆牛粪。

除了那条死相凄惨的蛇干,大坟圈驻地目前的主要特色是形形色色、无所不在的虫子们。

空气中掺杂着荆条的淡淡芳香。开花时，整个山头紫莹莹的。

皎洁的月光与洁白的荞麦花交相辉映,天地间白茫茫的一片,一定像极了一场提前落在人间的雪。

目录

开篇

001　**去追花**

一

011　**夜奔东台**

014　夜奔东台

022　取水记

027　夜晚的声音

032　刘大哥

040　风，风啊

046　送菜给我们的人

051　去花舍

057　再见，八里

065 初到山东

068 化马湾的下马威
075 初到徂徕山
082 邻居们
091 王大爷
098 日常和赶集
105 老秋
111 第三站
116 司机和牙签

三

121 "蚂庙山"不是"蚂蚱山"

124 蚂庙山
131 在集上卖蜂蜜
137 散步
143 蜜蜂们
149 闲
156 老范
162 也苦,也美好
168 他乡的端午

四

173　与虫为伍

176　牛粪大礼包
183　等雨
191　唉！这些人啊
197　与虫为伍
204　蜂场来"客"
212　相亲
219　难采的蜜
225　热
231　爱笑的老朱
240　目送
247　新丽姐

五

255 回家

258 回家的路（一）
265 回家的路（二）
271 回家的路（三）

后记

278 人这一辈子，总要出走一次

开篇

去追花

很长一段时间，我对养蜂的好奇停留在去沈家蜂场买蜂蜜时，坐在帐篷里听守场的沈伯伯讲故事。一边津津有味地听，一边不加掩饰地感慨。走出蜂场后，回味着那些扣人心弦的历险，我甚至还会作出不切实际的设想：如果我也能到外面去养蜂，那么属于我的，将是什么样的传奇？二〇二一年的秋天，我忽然有了一种强烈的冲动——渗透到蜂农的队伍中去，亲身体验一次北上追花的旅程。

我在小镇菜市场摆流动小百货摊。摊子上出售的所有东西都是我从市区的大型批发市场搬回来的。二〇一〇年初秋的一天,我搭乘中巴去四十里外的市区进货。车上乘客不多,我挑了右边靠窗的位置坐下。车子走走停停,沿途载客,开下去二十来分钟,到了一个名为"黄浦岭"的地方。透过车窗,我突然发现马路边有序地摆放着几长排方方正正的蜂箱,蜂箱一侧搭着两顶墨绿色的帐篷。帐篷的"门"开着,但因为相距较远,看不清里面是否有人。

隔日下午,我特地去了一趟黄浦岭的蜂场,在购买蜂蜜时,和家在慈溪市周巷镇的养蜂人沈柏土伯伯有了首次简短的交流。

养蜂靠天吃饭,需要追花。我国地域辽阔,南北气候差异很大,像浙江的油菜花三四月份就会开放,内蒙古的油菜花要到七月份才开。蜂农追赶花期,实际上,追随的是春夏两个季节的脚步。

慈溪是有名的养蜂大市。小规模养蜂一般采用近地小转场的形式，范围在慈溪当地和浙东四明山一带。大规模养蜂为了多赚钱，就必须背井离乡去"追花夺蜜"，采集的蜜源有油菜、紫云英、草花、洋槐、椴树等等。

以沈伯伯的蜂场为例，每年的三月初，油菜花陆续开放，他们家便带着一两百箱的蜜蜂启程了。气候有偏差，赶花期的时间不同，抵达地点也要作出相应调整。第一个花期有时在安徽，有时在江苏南通。随后半年间，他们就要循着花香，一路往北。

慈溪的蜂农们有自己固定的追花路线。第一条是东线，从慈溪出发，辗转到东北三省。第二条是西线，从慈溪到青海、内蒙古。第三条是中线，从慈溪到四川、湖北、山西等地。无论当年走的哪条路线，八月底或九月初，蜂农都会回到余姚梁弄镇越冬。此时全国的蜜源基本结束，追花返回的蜂群如同战场上归来的士兵，死的死，伤的伤，元气大损，所以至关重要的一个环节是"秋繁"（所谓秋繁就是蜜蜂界的改朝换代，在人为干预下，让新蜂王淘汰掉老蜂王）。秋繁能治螨，也能储备年富力强的工蜂，既为了越冬，也为来年的春繁打下基础。

在持续向沈家蜂场购买蜂蜜的十多年里，我有意无意地将视线投向了候鸟般的蜂农。沈伯伯给我讲述过许多他养蜂生涯中的点滴，不是天灾，就是人祸——在内蒙古海拉尔的某草场上,被手拿武器的地头蛇敲诈勒索;在山东某处,深夜有好几个蒙面人闯到帐篷里持刀抢劫;在安徽某处,暴躁的蜂群一连攻击了多人,尽管有熟人担保,还是损失了一大笔钱;在河北秦皇岛某处,装载着蜂箱的货车出现意外,车头掉进了沟里;在陕西某处,水源稀缺,蜜蜂成群结队飞进周边老乡家的猪圈里去汲取水汽,把几百斤的大肥猪蜇死了……诸如此类,惊险极了。

很长一段时间,我对养蜂的好奇停留在去沈家蜂场买蜂蜜时,坐在帐篷里听守场的沈伯伯讲故事。一边津津有味地听,一边不加掩饰地感慨。走出蜂场后,回味着那些扣人心弦的历险,我甚至还会作出不切实际的设想:如果我也能到外面去养蜂,那么属于我的,将是什么样的传奇?二〇二一年的秋天,我忽然有了一种强烈的冲动——渗透到蜂农的队伍中去,亲身体验一次北上追花的旅程。

可要跟着蜂农出行,没那么便当!

首先,我得停止菜市场摆摊的工作。这么一来,就等于切断了我唯一的收入来源。光凭在公众号上每天更文的几块钱广告费,估计连白开水都不敢敞开肚皮喝。

其次,出门在外,谁都不想多事。老话有云,宁可带根绳,勿可带个人。能否找到愿意带上我的养蜂户,还是个大问号。我倒是与沈伯伯父子有十多年的交情,而且沈家父子作风正派,质朴诚恳，但沈家女主人近两年来留在慈溪家中照料两个孩子，外出养蜂的只有他们父子俩。一个女人屁颠屁颠地跟着两个大老爷儿们驻扎在离群索居的蜂场，总是不大方便！我压根儿没想开口为难他们。

我摊出相应条件，委托沈伯伯的儿子沈建军在他的蜂农圈里询问。大概等了半个月，总算有一对五十多岁的蜂农夫妻有带我的意向。我高兴极了，可高兴劲儿还没过去呢，人家又反悔了，解释说儿子不同意，怕引起不必要的麻烦。眼看光凭自己的力量，想找到接纳我的蜂农怕是不大可能，沈建军给我出主意，不如请慈溪农业局的金汤东先生帮忙牵线，他在慈溪养蜂界的名望很高，是个热心的人。

二〇二一年腊月的一天，我骑着摩托车前往慈溪农业局，在金汤东先生的引荐下，和养蜂的刘文井大哥、郭新丽姐姐会了面。刘大哥直截了当地说："外出养蜂没你想的那么浪漫，还有风险，你要有心理准备。我们去年到吉林汪清县的红旗林场采椴树蜜，刚安顿下来两个小时就接到通知，说俄罗斯过来的老虎正在朝着蜂场赶来！不光老虎，有时还得与狼迎面对视。至于各种各样的蛇，那更是随处可见。粗的，如小孩手臂；细的，十有八九是毒蛇。"我被刘大哥的开门见山折服了，壮起胆子表态："不怕！你们能去，我也能去。"

剩下的就是我儿子那一关。儿子读寄宿高中，每周五下午四点左右放学,周日早上七点前去学校。如果我奔赴外地,那他周末就是一个人。好在他爷爷奶奶家离我们村不过几分钟的路程,有什么事他爸爸(我前夫)也能配合。早在儿子读小学时,我就着手培养他做家务的能力,常规的烧烧煮煮、洗洗涮涮,他都应付得了。在听了我的心声后,他干脆地同意了。

有了稳妥的蜂农搭档,有了儿子的表态,我心里还是不踏实。我的身体弱,免疫力差,这样那样的小状况不断,是否扛得下五个多月的辗转颠沛?

在梁弄周边越冬的除了沈家父子,还有不少其他蜂农,他们来街上采办物资,有时也光顾我的小摊。为了提前了解外出的细节,也为了给自己鼓劲,我找机会和几个蜂农聊了天,想通过他们的侧面反映获得更多的信心。

一个五十岁出头的蜂农在听说了我的计划后,竭力劝退我,愁眉苦脸地直嚷嚷,说"犯不着",说"下雨天,帐篷里潮湿得要命",说"苦死了"。

一对四十多岁的蜂农夫妻的说法不太一致。妻子劝我不要做这事情,"日脚苦煞了""难熬煞了",尤其到辽宁那边采椴树蜜时,林区连手机信号也没有,遍地是蛇,去小溪洗东西都得穿齐膝高的长筒靴。他们家请的帮工躺在床上睡觉,毒蛇居然从帐篷顶掉到帮工的肚子上了,几乎把帮工吓得魂飞魄散。至于为什么这么苦、这么难熬,还要坚持养蜂,女人提高音量,说了好几次"阿拉是没有办法"。她的丈夫则说:"陈慧又不是出去干活的,不像我们这样担责任,要不停地操心养蜂的事。她写写文章,捎带帮人家做点小事情,也不会辛苦。"

最后,一个河南籍的养蜂姐姐说:"陈慧,你不要东找人打听,西找人打听,没多大意义。同一个行业不同的人做,感受自然不同。有的人迫于惯性养蜂,有的人为了生计养蜂,有的人出于喜欢养蜂。我老公十二三岁就跟在熟人后面学了这一行,跑遍全国各地,从来没觉得难熬,一直很享受养蜂的乐趣。一个人如果沉浸在自己心甘情愿做的事情里,是觉察不到辛苦的。《小马过河》的寓言你读过吧?道理是一样的!"

我总算拢起凌乱的心绪,开始有计划地准备出行的物资:一顶宽两米、长三米的铁皮架子帐篷,以及折叠床、充电宝、简易太阳能充电器、野营灯、被子、褥子、衣服、鞋子、常备药物……

二〇二二年正月十二,我骑着摩托车去了刘大哥家位于慈溪市下舍的蜂场。临走时,新丽姐给了个大约的启程日期:三月底或四月初。

三月中旬,我就已经把所有的行李打包好堆在客厅里。然而,一直到三月底,下舍蜂场那边都没有动静。我按捺不住焦灼的心情和新丽姐联系,她说,三月初外出采蜜的蜂农朋友传来了消息,由于新冠疫情的扩散,外省多处封控。她不敢贸然行动，要观察观察。这一观察，又过去了一个月。

五月初，各地的封控依旧，新丽姐打电话给我，说她家将要去山东徂徕山赶洋槐花期。但那边有规定，一个蜂场只有两个名额，多一个人都不行。我想了想，只好放弃了。

虽然没能顺利实现我的"野心"，但我和新丽姐一直保持着联系。二〇二二年底，跟随蜂农出行的事又被我扒拉出来了。想到要睡在旷野里的帐篷中，我还迅速领回了一只双满月的四眼"铁包金"田园犬，训练它坐自行车、乘摩托车，为了它不久之后能不害怕地坐在大货车上转场。

二〇二三年，封控断不会重演了，该准备的已经准备了，心理上的忐忑也被我打上了马赛克。

刘大哥决定，四月七日，去江苏东台。

四月六日傍晚，儿子从学校打电话问我："妈妈，你明天要出发了吗？"

我说："蜂场的车子还没定好，大概要八号走。"

儿子欣喜地说："太好了！妈妈，那我们还能再一起吃顿饭。"

四月八日早上八点半，我叫了一辆小型货拉拉，拉上我的行李。自己则背上双肩包，挂上手机导航，骑上我那辆十三岁的红色铃木125摩托车，向五十五公里外的慈溪下舍蜂场前进。车座后的纸箱里坐着我的四眼傻狗小安。

一

夜奔东台

北边的村庄里传来了雄鸡嘹亮的歌声。黎明前的黑暗仍是固体一般的浓墨，古老的鸡啼声要一而再，再而三地催促，才能慢慢将它驱散。蜂毒消退下去的小安沉沉睡去，它像人一样地呼吸，像人一样地打着呼噜。也许，它还会像人一样，小心翼翼地隐藏起最迫切的愿望。思绪滞留在昨夜，肉身跨进了今日，迎着和煦的晨光，假装若无其事，假装热泪盈眶，假装热切地爱着，这个凹凸不平的人间。

夜奔东台

四月八日早上,我带着小安从梁弄前往慈溪下舍蜂场。五十五公里的路途,它一直乖巧地缩在我摩托车后座的纸箱里。一开始是坐着的,可能屁股坐得实在僵硬了,它就改为站立。每次我停下来等红灯时,旁边的人都把目光投向我的身后。我知道他们在打量我的小安,不免暗自得意。然而,就是这么一只神气活现的"帅狗",到了下舍蜂场,立刻被呲得耷拉耳朵,夹着尾巴溜着墙根儿走。

如果说呲它的狗比它大,比它壮,比它威风,倒也罢了。那仅仅是一只瘦小干瘪、顶着杀马特造型的串子宠物狗。真想不通小安有什么好害怕的!后来,在我的火腿肠外交下,"杀马特串子"总算给了我三分薄面,允许小安在它的地盘上自由走动。

蜂场的面积不小,厚实的杂草如同地毯般柔软,蜜蜂漫天飞舞。新丽姐特地嘱咐我,尽量不要让小安靠近蜂箱,否则很容易招来蜜蜂的攻击，严重的话，说不定会危及它的狗命。可是，小安怎么会理会我们的善意保护呢？这只贪吃又天真的傻狗，不知天高地厚，本来在梁弄时就以抓虫子苍蝇为乐。甫一来到下舍蜂场，不出意外地对那些嘤嘤嗡嗡的蜜蜂起了馋心。它大摇大摆地走到蜂箱边，刚把鼻子伸向蜜蜂的进出口处，几只警惕性颇强的蜜蜂立刻用尾针给它上了一堂"好好做狗"的公开课。

新丽姐告诉我，她家的米色土串在蜂场住了两三年了，一次都没被蜇过，深色的狗更容易招来蜜蜂的围攻——这倒是个冷门知识。

狗脸上的麻辣酸爽使小安彻底认清了自己的地位，整整一下午，它都趴在房子里，眼神凄楚。我安慰自己：早蜇晚蜇都是个蜇，它这一路跟着我出门追花，日日与蜜蜂为伍，必然逃不掉这一劫。吃点疼也是好事，不如此，它还以为自己是一只举世无双的"牧蜂犬"呢。

午饭吃罢，刘大哥和新丽姐用尼龙绳挨个儿捆住蜂箱。预约的货车司机说好两点来装车，结果，电话催了三四遍，一直催到五点，他才吭哧吭哧地出现。

慈溪的蜂农们素来有互帮互助的传统，一家转场，多家援手是常态。来给刘大哥帮忙的几位蜂农朋友早等得不耐烦了——蜜蜂装车不宜太晚，否则要蜇人。

装车之前，刘大哥拿来一个盛着艾条的不锈钢喷烟机，在每只蜂箱的进出口处喷了一捧白雾，以防止蜜蜂骚动。长而厚的木跳板一头架在车厢边，一头抵在地面上，男人们搬的搬，挑的挑，递的递，接的接。还不到一个小时，一百二十只蜂箱和散落了一地的转场物资，全部整整齐齐地安顿在了车厢里。车厢最后、最边上的一个小角落，属于我的小安。

为了防止狗在长途运输的过程中晕车呕吐，一般不喂饭。我把拴了颈链的小安抱进车厢时，清晰地感觉到它温热的身体在微微发抖。不怪它害怕，它那么小，什么也不懂，什么也没经历过，眼前一群热闹的陌生人，头顶一片泰山压顶式的物件，车挡板边一个逼仄的容身处，哪一种都不是它所熟悉的。晚饭时，我特地准备了一只小小的方便袋，收集了一点零碎的鸡骨头和鱼骨头，想着它下车后能抵抵饿。来帮忙的蜂农师傅说："嘻，你准备这个干啥？狗下车后不会立即有胃口的。我们家以前养的狗晕车厉害，每次转场就像生了场大病，一礼拜才能恢复。"我犹豫了一下，还是没停手。也许小安下车后真的不想吃，第二天总还可以磨磨牙吧。

出发的准确时间是晚上七点五十分，我、刘大哥、新丽姐坐在驾驶室里。货车一路疾驰，间歇性地颠簸。每重重颠簸一次，我的心就提到嗓子眼。车厢里的东西会不会翻倒？小安有没有危险？

在苏州澄湖服务区,我下车走向车尾。透过车厢的格栅往里看,里面的物件果然歪七扭八。我敲了敲后面的车门,低低喊了几声"小安",里面传来一阵狗链的拖动声。我总算放了心。

货车下了沈海高速,收费员左左右右详详细细地拍了一大通照片。蜜蜂属于绿通品类,国家规定高速费用全免,但要留下凭证。司机笑道:"这大晚上的,蜜蜂们不飞出来蜇人,收费的倒还敢靠近车子。要是青天大白日,他们怕吃亏,手脚可利索了!"司机是地道东台人,听他的口气,想必和蜂农打交道不是一次两次了。

凌晨,车子进了东台境内。刘大哥的电话响了——原先说好的安顿地点,遭到一户本地蜂农的反对,说两个蜂场相距太近,对他家的蜜蜂有影响。没办法!货车停靠在路边,等收蜂蜜的老板来帮忙重新找落脚处。

我趁机下车,又跑到车尾小声地喊了几声"小安"。这一次,里面悄无声息。我忍不住猜想,是不是高处的东西压下来,把小安砸死了。新丽姐宽我的心:"没事,狗的命大得很。"

等了十来分钟,收蜂蜜的老板开着车来了。小汽车引领着大货车往镇外开。天还是黑漆漆的,隐约看到道路两旁是挨挨挤挤的油菜花。七拐八弯了一番,油菜花不见了,换成白色的一条龙似的塑料大棚。我以为大棚里种植的是草莓,司机说是西瓜,并小有得意地介绍:"东台的西瓜知名度极高,全国绝大部分的好西瓜是这里走出去的。"

我心想,慈溪处处种草莓,东台遍地有西瓜。我中午还在草莓大本营呢,天黑就切换到西瓜的老家。难怪晚饭桌上有个五十多岁的蜂农半真半假地和我说:"养蜂可有意思啦。陈慧,侬头一次跟出去养蜂,可千万别玩得不想回家哦!"

凌晨两点多,蜜蜂到了东台弶港镇。

在一个窄窄的进出路口,领头的小汽车总算停下了,大货车转不了弯,刘大哥夫妻随着收蜂蜜的老板打头阵去观察地形——可惜,里面的住户又不同意我们进场。收蜂蜜的老板想了想,掏出手机给不知是谁打去了电话,七七八八讲了一通,总算高兴地说:"走!蜂场设到盐坝路东的空地上去,那里是集体地盘,书记同意了就没问题。"

车子终于停稳,地图软件显示的具体名字是盐城市东台市新曹农场(盐坝分场)。新丽姐喊我先牵狗。车厢门一开,只见垮塌的物件,不见小安。

新丽姐拎着灯凑上前来一照:"咦!小狗给吓尿了吗?"

我伸手朝暗处一阵乱掏,终于掏出一只黏糊糊的狗腿。不自觉地翘成了兰花指,为狗正名:"小安没尿,是哪只桶里的蜂蜜流出来了。"

众人齐齐发力卸下一应物资,两名请来的挑夫一趟趟地往下挑蜂箱。等有序地排列好蜂箱，不远处的村庄里，谁家的公鸡高亢地啼叫出声。新丽姐说："鸡叫三遍天下白。这会儿怕三点多了吧？"我打开手机一看：三点一刻。

我们三人就着刘大哥额头上套着的一盏灯，赶紧搭房架子，扯篷布。两座"房子"搭建完毕，天也亮了。

我们的帐篷房子由两爿房架子、七根钢管和一张厚实的防水篷布组成，两头各有一扇可以打开的门，一扇长方形的小窗户。假如帐篷恰巧在开阔地带，又同时打开前后的门窗，那它就与一间正儿八经的小房子没多大区别。新丽姐告诉我，帐篷的窗户除了通风透气外，还是一个"瞭望孔"。夜深人静时，蜂场上有点什么异动（野兽或小偷），蜂农不敢贸然出去，可以先打开窗户观望，再决定下一步的行动。但帐篷门窗的朝向并不固定，只能随着地形的变化做出相应调整。眼下的水泥晒场虽然空旷，却是中间高两边低的拱形，南北朝向地搭建帐篷，绝对架不住临海地区动辄黄色预警的大风。所以，两顶帐篷的门一致地朝着东方。

我的帐篷小一些，长五米，宽两米六，里面有一张两米长、一米二宽的可拆卸小床，新丽姐拿给我的三只白色的蜂蜜桶，还有两大蛇皮袋用于灌装零售蜂蜜的空塑料瓶和小安的白色泡沫箱。本来我出门前准备了大号的行李袋，但帐篷里湿度大，东西装在行李袋中很快就会返潮。于是床头的三只蜂蜜桶，一只塞满了衣服和药品，一只贮藏了饼干、麦片之类的零食，一只收着鞋子和雨具等杂物。小安拴在窗户边，它的窝自然靠着门，它可以躺在门里的地上打瞌睡，也可以趴到门外去晒太阳，倒也符合它"看门狗"的身份。

刘大哥夫妻的帐篷大一些，长五米，宽三米二，十六平方米的空间里集齐了卧室、厨房、客厅、工作间和仓库五大功能。一进门，左手边是他们的床，床头与铁皮门架子的缝隙间放着连接室外太阳能板的电瓶。右手边依次排列着两只沉甸甸的蜂蜜桶、新丽姐每日移浆虫的支架。再进去，是一张小方桌。桌子没有腿，黄色的桌面直接搁在一只旧蜂箱上。饭点时，桌子是桌子；撤去碗盘，桌子就可以变成刘大哥的工作台。后门左半边的一溜儿即我们的厨房，仅仅是窗户下的一个小角落，厨房与床尾交界处依然是几只收纳着各种生活物资的白色蜂蜜桶。

我仔仔细细地打量了一番我们的蜜场，打心眼里高兴：太好了！场地又大，又清净，还是平展展的水泥地，最最关键的是，百十米外还有个厕所。我一溜烟地跑过去看了看，虽然集齐了破、脏、臭、烂四大要素，好歹比鬼鬼祟祟地蹲在野地东张西望地方便强太多，平原上的大风呼呼啦啦，分分钟能把屁股瓣刮得瓦凉瓦凉！

写这篇文章时，小安就睡在我的脚边。它半边屁股糊着的蜂蜜，恰巧和水泥上厚厚的尘土"相亲相爱"成了一坨。所以，它今天可以改名叫"泥安"。泥安有点倒霉,今天刚到东台的蜜蜂们不知为何狂躁无比,帐篷四周、天上地下,密密麻麻地下着蜜蜂雨。泥安散发着蜂蜜甜香的后腿,不出意外地吸引了蜜蜂们的关注。它被蜇了好几下,走路一歪一扭,一拖一顿,一瘸一拐。出发前,它还是个风一样的少年,刚转了一次场,似乎就成了个饱经沧桑的抠脚大汉!

取水记

从慈溪下舍出发的那天傍晚,前来帮忙的几个蜂农朋友七手八脚地把一百多只蜂箱和一应生活物品都装上了厢式货车。其中一个六十多岁的蜂农扶着货车后门,扯着喉咙问新丽姐:"嗳——小郭,还有没有东西架落(遗落)?"

在屋内忙碌的新丽姐应声道:"等下关车门哦,我放一桶水带走!"

"桶"是白色的柱体塑料桶,蜂场用来盛蜂蜜,最大容量一百斤。我当时挺纳闷:千里迢迢地奔赴江苏东台,带米、带油、带衣服鞋子还能理解,带水做什么?东台那边还能没水吗?

晚上八点出发,次日凌晨两点多,我们终于抵达了目的地。一路颠簸,原先挨着蜂箱摆放得整整齐齐的物件一律震得东倒西歪,没个正形儿,蜂蜜也漏出一大摊。被我拴在厢尾角落里的小安自然也难逃"乾坤大挪移"的阵法,吓得瑟瑟发抖,任凭我千唤万唤,始终别着脑袋做出逃避的姿势。我心一横,用力扯住它的两条后腿，猛地往怀中一拉，总算把它弄下了车。

狗是逮好了，它一腿一屁股的蜂蜜同样被我抓了个正着。高纯度无掺假的原蜜质量上乘，以致我的双手和棉外套的胸前瞬间黏稠无比。要是搁在平日，我简直一秒钟都不能忍受。但在黑灯瞎火之际，当务之急是协助刘大哥夫妻整理车上卸下的物资，搭建帐篷。我只得强忍着黏黏糊糊的不适感，投入紧张的劳动中。

天亮了，蜂场的建设顺利收工。我大大松了口气，这才感觉到两只手掌既紧绷又粗糙。紧绷是因为糊在手上的蜂蜜干了，粗糙是因为用糊着蜂蜜的手拿过不少灰扑扑的东西。毫不夸张地讲，和武侠小说中的铁砂掌有得一比。

蜂场摆放在一片空旷的水泥地上。右边不远处倒是有两排房子，但其中一排是那种年代久远的仓库；较远的那一排，新是新的，门窗紧闭，一看就知道是集体办公的场所，这个点上根本不会有人。我又绕到蜂场左侧油菜地的外围去打探了一番，想找一条洗手的小河——再不济，浅浅的小水沟也行！可我跑出去两百米远，不是金黄的油菜地，就是碧绿的麦子地，别说水沟了，就是干沟也没有半条。路面干燥无比，网眼的鞋面很快布满了毛茸茸的灰尘。

我怏怏不乐地打了退堂鼓，进了蜂场，新丽姐问我："你刚才跑哪儿去了？"我说去找个洗手的地方。新丽姐朝蜂桶的方向一指,说:"那儿不是有一桶现成的,你舀着用呗。"

我瞬间就理解了新丽姐出发前备水的用意。

我低头看看黑乎乎的外套、脏兮兮的裤子、灰扑扑的鞋子,再望了望我们仅有的一百斤水,没有吭声。

午餐是我做的,一套锅碗瓢盆在用之前仅漂了一道清水。淘米的水洗了莴苣和南瓜后攒在盆里,又洗了午饭碗筷的头一遍。尽管节约了又节约,一桶水很快只剩下了半桶。

刘大哥跑去蜂场北边的村子打探了一回,归来后告诉我们,村庄里的门都关着,暂时找不到取水的人家。他是见多识广的老蜂农了,对这件事不怎么在意,我却不由自主地焦急起来:没有足够的水,晚饭怎么办?晚上洗脸洗脚怎么办?脏衣服脏鞋子什么时候才能换下?

经历了前一夜的奔波,大家都很疲累了,下午齐齐补了个午觉。睡醒后,新丽姐差我捎她去二十里外的集镇购买日用品。

我一路不停地东张西望,骑着摩托车下去四五里,总算看见了一条黄绿不清的河流。我心情顿时大好:虽然水的颜色可疑,洗洗衣服应该行得通。虽然过来有点远,但耗点汽油换个干净整洁,也值得的。继续行进了三四里,出现了第二条稍大的河流。再下去三四里,又有第三条河流。我们从第三条河面上的水泥桥经过,桥经年失修,两边的栏杆都破破烂烂。这三条河还有一个共同特征：河岸上长满参差不齐的杂草，连个下脚的台阶也没有。

我像祥林嫂一样念叨着要骑摩托车、穿高帮套鞋来洗衣服。身后的新丽姐一票否决，叫我别心急，说蜂场附近的村子里总会找到愿意让我们取水的人家。

从集市回来，天色已经暗下来了。站在蜂场里，能看到北边村子里袅袅上升的炊烟。有炊烟，就有人。我和新丽姐一前一后穿过开满油菜花的田埂，朝着炊烟的方向走去。油菜花的尽头是个不大的村庄，我一眼便相中了东首第一户人家屋外的一口手压式水井。

新丽姐说："陈慧，你是如皋人，口音和东台人区别不大。你去说如皋话，别用普通话。"

我按捺着心底的激动，蹭了过去。一个五十多岁的光头男人背转着身，正在小屋边的大蒜地里专心划蒜苗。我壮起胆子叫了一声"哥哥"，指指蜂场的方向，表明了我们的身份和拜访的意图。

按照我的预想，外表凶悍的光头男人好歹要对完全不熟悉的我们盘问几句吧。没料到，我的话音刚落，他就爽爽快快地说："你们尽管来取好了。但水井里的水只能洗涮，不能烧煮。吃的水，到厨房的水龙头上接，我家里早晚都有人。我个在，我老婆也在。"

我大喜过望,连连道谢。这也太顺利了吧!

我们立即返回蜂场,新丽姐取了两只容量五十斤的方形塑料水壶,我开上摩托车。

大概是晚高峰用水期,水头小小的,方形塑料壶块头大,放不进人家的厨房水槽,如果把塑料壶拿进厨房里,没有漏斗加持,势必会把人家洁白的地砖弄得湿漉漉的。我只好用厨房里的一只蓝色塑料桶接好水,再拎到屋外倒进我们的方形壶里。就这样,取近一百斤的水花了挺长一段时间。接好了水,我拿起屋角的拖把,又小心地把水槽下的地面擦拭了一遍,再三向光头大哥道谢。

因为水不愁来路了,做晚饭时,我情绪格外高涨。新丽姐告诉我,他们养蜂几十年,辗转多个省份,什么样的人都碰到过,总的来讲,还是通情理的人居多。

夜晚的声音

忙碌了一整天的蜜蜂们飞进了它们的集体小木屋,把东台的夜晚留给了帐篷里的我们。

刘大哥夫妻的帐篷在里侧,靠近蜂箱。我的帐篷在外侧,距离右侧的道路有三四十米远。这是一条冷清的乡间水泥路,来往的行人和车辆不多。白天倒还将就,至多是正午时分气温飙高,帐篷里热烘烘的,睡午觉时得把两边的门窗都敞开来,所谓形象啊隐私啊什么的,完全忽略不计了;到了晚上,一个人坐在床沿上,两头的门窗虽然关得牢牢的,但借着野营灯有限的光照打量着两侧不停抖动的篷布,总觉得不踏实。

来东台前,新丽姐已给我打过了预防针,说我初入蜂场的最大问题应该是"睡不好"。因为风大的时候,帐篷被扯得刺刺啦啦,类似于人的脚底板摩擦地面发出的声音。直白一点讲,篷布一响,活像有人走进来了。你想——寂静空旷的蜂场,素来胆小如鼠的我,住在一顶貌似轻而易举就能破门而入的帐篷里，又怎么可能做到面不改色、稳如泰山呢？

熄掉野营灯后，我和睡眠还有很长的一段拉锯战。我的床靠近一边的门窗。门窗的缝隙有半指粗细。凉凉的夜风顺着缝隙溜进来，触碰着我的面颊。我把被子拉得高高的，整个人缩成一只蛹，深深地埋进被窝里。但不管我埋得多深，各种各样的声音还是如潮水般涌入我的耳朵。

极具穿透力的是风力发电机的呼呼声。在进驻新曹农场之前，本地收蜂蜜的老板先给刘大哥家安排在西南边的一片油菜花田里。但新丽姐去察看了一番，果断放弃。她说，那儿每隔一段距离就矗立着一座巨无霸风力发电机，没有风，三片白白的大叶子还羞羞答答，比较老实；大风一吹，轰鸣声此起彼伏。她站了一会儿，耳朵就嗡嗡响。平原地区，大风天持续供应，无限量"续杯"。若是一天二十四小时都蹲守在那些发电机下方，脑神经指不定要给震成饺子馅儿。

事实证明，新丽姐的决定是正确的。即使我们的蜂场明智地避开了威力惊人的风力发电机，但依旧没能彻底摆脱它的统治——在新曹农场西南方向一两里处，同样盘踞着一排风力发电机。好在大风扇的呜呜声飘进我的帐篷时，已是强弩之末。调整一下心态，它简直可以收编为催眠的白噪音。

比起风力发电机的呼呼声，村庄的狗吠声释放的是一种令人心安的信号。蜂场附近的这个村子不太大，清一色的平房。

白日里，村庄宁静内敛，被灿烂的油菜花地环抱在怀中，若隐若现。天黑后，此起彼伏的狗叫声才把整个村庄推送了出来。雄浑的、高亢的、尖锐的、稚嫩的、沉稳的……所有的狗都潜伏在我无从知晓的黑暗中，一边声势浩大地喧哗，一边沉默地各行其是。

我睡了又醒，醒了又睡，睡眠像一堆撕碎了的纸片。

迷迷糊糊中，"hao——hao——hao"的尖叫声撞进了我薄如蝉翼的梦乡。这样的尖叫声中似乎囊括了雾的迷茫、山的孤寂、夜的恐怖。宛如一个谜，没有谜底，又谜底无限。我睁开眼睛，在记忆中翻箱倒柜，找出了这个声音——是猫头鹰！

我帐篷对面有一行高大挺拔的杨树，一抬头，就能看见树杈上那几只大大的鸟窝。我长时间地凝视过那几只鸟窝，却从来都没看到有鸟儿进出。如果那些窝都不是这只猫头鹰的家，那它是自何处赶来？又为何要来到这里？

马达的轰鸣声由远及近，再由近向远。夜奔的车辆多半背负着特殊的使命。有的车，从家中出发，意气风发地开向目的地。有的车，从远方而来，匆匆忙忙地赶往家的方向。同一个黑夜，谁来了？谁走了？遗落下来的几道车辙，像一只匣子，关着无尽黑夜中沉甸甸的悲欢离合。

小安睡在我的床尾。

在小镇梁弄时，我屋外水泥台下的一只铺着松软竹叶的泡沫箱，是它的睡房。跟我来到蜂场后，我把它安排进了帐篷里。没办法，外面太冷了，它还是未成年的狗宝宝，白日里它被蜜蜂围攻，咬得那么惨，垮着一张粽子脸，虚弱无力。而且，我带着它同行的理由就是壮胆。都说狗仗人势，我是人仗狗势，有一只温顺忠诚的动物追随，苟活的辛劳与悲哀暂且被屏退。

荒郊野外，夜色苍茫，容身的帐篷之外暗黑无边。我引小安进帐篷，蹲下身，抚摸着它的脑门儿，把它抱进垫着棉垫子的泡沫箱中。可它明显不领情，挣扎着摆脱我的手，顾自一瘸一拐地走向帐篷一角，直接趴在地上。我瞬间明白了它的用意，冰凉的水泥地面能缓解蜜蜂蜇咬的肿胀发烫，比暖和的棉垫子更舒适。

我上了床，关了灯，听着它断断续续的喘息声，隔一会儿就轻轻地喊它的名字，安慰它："小安，要乖哦……小安，没事的……你会好起来的……"

小安的声带受到了蜂毒侵袭，不能正常发声，只是用低低的呻吟回应。我在浅浅的睡眠中载浮载沉，间歇性的醒转令我不能分清东南西北。我摸索着打开枕头下的手电筒，照向小安先前趴着的位置——那儿空荡荡的，什么也没有。我一个激灵，猛地掀开被子，翻身坐起，举着手电筒一阵乱晃，竟然发现小安就蜷缩在我的床下，紧紧贴着我的拖鞋。

大概是我的一惊一乍吓到了它，它仰起脖子，圆溜溜的眼睛定定地注视着我,像个满腹委屈却不敢放声号啕的小孩子。

它是什么时候转移到我的拖鞋边来的呢?难道在这漫长浓重的黑夜中,惶恐的、胆怯的、涣散的,不仅仅是我,还有小安?所以,它一边忍受着火烧火燎的疼痛,一边蹑手蹑脚地向我靠拢。它毫无理由地信任我,在它天真的、小小的心里,我是它在异乡的唯一依靠。尽管它完全料想不到,在浩渺颠沛的生活面前,如我这样细若微尘的女人,柔弱得不堪一击。

北边的村庄里传来了雄鸡嘹亮的歌声。黎明前的黑暗仍是固体一般的浓墨,古老的鸡啼声要一而再,再而三地催促,才能慢慢将它驱散。蜂毒消退下去的小安沉沉睡去,它像人一样地呼吸,像人一样地打着呼噜。也许,它还会像人一样,小心翼翼地隐藏起最迫切的愿望。思绪滞留在昨夜,肉身跨进了今日,迎着和煦的晨光,假装若无其事,假装热泪盈眶,假装热切地爱着,这个凹凸不平的人间。

刘大哥

刘大哥本名刘文井。这个略显别致的名字是刘大哥的爷爷给取的,"文"即文思泉涌。"井"指井然有序。他爷爷通文墨,小有才情,做过私塾先生,在乡间算标准的文化人。

一九六七年,十九岁的刘大哥与蜜蜂初结缘,跟随着集体养蜂的大部队浩浩荡荡出发了。这次缘分不长,仅仅三年。二十二岁的刘大哥被乡里安排到师范学校进修,成了一名人民教师,在讲台上一站就是十二年。一九八三年,因为儿女渐长,薪资微薄,全家开支都指望这少少的一笔进账,三十五岁的刘大哥递交辞呈,不愿意继续当"孩子王",重新捡起养蜂的老本行。他头脑灵活,勤劳肯吃苦,短短五年,就成了响当当的万元户。上面的领导一看他是个可造之才,又委派他当村支书带领大家致富。他在位置上坐了两届半,兢兢业业,却被小人诬陷受贿,愤然之下自卸"官印",转而投身到创业的大潮中去。他四十七岁着手创办塑料制品厂,用十年时间将厂子办得红红火火，五十七岁时慎重地把自己十年的心血移交到儿子手上，再次踏上了养蜂之路。

蜂场的活计一桩接一桩，早上五点多，刘大哥就起床了。牙不刷，脸不洗，先去蜂箱边溜达一圈，背着手，东看看，西望望。隔几步，打开一只蜂箱，取出巢脾举在眼前，翻来覆去地凝视许久，再将它归位。如果新丽姐不喊他吃早饭，他就一直不紧不慢地徘徊在蜂箱之间。

我问新丽姐："刘大哥每天早上在蜂箱边干啥？"

"检查。"

"检查什么？"

"有没有蜜蜂中毒，有没有蜜蜂饿死，新王有没有产卵，蜂螨厉不厉害……很多要检查的情况，我一下子也讲不全。"

"怎么分辨蜜蜂是毒死的，还是饿死的呢？"

"中毒死了的蜜蜂舌头是吐出来的——唉！"新丽姐叹了口气，伤感地说，"小蜜蜂好可怜，天天干活，天天干活，一二十天就死掉了。"

"那怎么办呢？"

"所以说嘛，做人千万不能学习小蜜蜂，太勤劳了不好！该休息的时候必须休息，否则早晚得累死！"

啧，这话没法接。

话虽这么讲，刘大哥和新丽姐真正休息的时间委实不多。

早餐碗一放下，就开始做蜂王浆。新丽姐负责移虫——用专业的移虫针从子脾里把蜂王刚产下三天的卵移到王浆杯中。

为了做好这件事情，五十岁的新丽姐不得不借助一百多度的散光眼镜和一盏聚光头灯。

产下三天的卵有多大？没养过蜂的外行人，肉眼根本发现不了。当新丽姐特地挑在移虫针的针头上给我看时，我只能想到四个字：命若游丝。

新丽姐移虫，刘大哥刮浆。刮浆也是个细致活儿，取出三天前放进蜂箱里的浆框，削掉王浆杯上凸起的蜡头，用手钻清理掉一些空王浆杯中的蜂蜡，挨个儿钳出肥白的浆虫后，才可以挖出蜂王浆。

整个上午——或者说，整个追花期间的上午，刘大哥夫妻都在重复着同样的动作，做着同样的事情。刘大哥生来寡言，干活又投入，轻易不吭声。新丽姐的注意力全部用来寻找巢脾中的卵，无暇顾及其他。她一次性要完成一百多根浆条，每根浆条上有六十二只王浆杯。粗粗算下来，一个上午她至少要移动六千多个细小又脆弱的卵。

有一次，新丽姐揉着硬邦邦的脖颈很羡慕地谈起了一个同行，说他家不做蜂王浆，只打蜜，轻松好多。但只打蜜却有两个前提条件：花要开得好，更要天气晴朗。假如天气不给力，花开得再好，出蜜量也不高。反过来想想，做蜂王浆麻烦归麻烦，好歹保证了一份稳定的收入。做蜂王浆坐着，几乎寸步不能移动；打蜜则是全身运动，摇蜜机摇得呼呼地停不下来。丰收固然喜悦，腰酸背疼，手臂发麻，也是真真切切。

刘大哥夫妻俩忙忙碌碌，我负责烧烧煮煮的后勤。在小镇梁弄，儿子住校，我一个人过日子，走的是极简路线，一日三餐以泡饭米汤居多。到了蜂场，我还沿袭自己的老一套生活方式。中午剩下的米饭，晚上加点水改成稀饭。晚上吃不完的稀饭，第二天早晨再加点水烧滚，喝个肚儿圆。这样往复循环到第四天早上，刘大哥罢吃了——他拒绝喝稀粥，默默地去帐篷角的塑料桶里摸出了牛奶。

见此情景，新丽姐笑着向我解释，说他们每天的劳动量大，刘大哥光是喝照见人影的稀饭，实在受不了，可以适当给他换点花样，做些耐饥的食物。

这确实是我考虑欠缺了，空蜂蜜桶里明明有新丽姐备着的面条、鸡蛋、牛奶、麦片之类的东西，我却不加以利用，尽给他们喝我自己中意的薄米汤。刘大哥夫妻很在乎我的感受，不好意思点破我，由着我自由发挥。当下，我立刻向刘大哥表态，明天早上给他做香喷喷的蛋炒饭。闻听此言，刘大哥顿时眉开眼笑，戴上面纱帽子，高高兴兴地去蜂箱边干活去了。

这真的是个很勤劳的人，温和，寡言，责任心极强。每到饭点，如果不是新丽姐多次催促，他便一直埋头苦干，完全忘记吃饭这件事。他自己也坦白，年轻时独自在外养蜂，饭都来不及烧，不饿不吃，饿了就嚼点干粮充充饥。

可说实在的，蜂农这个行业光靠勤劳是不够的，要天时、地利、人和，缺一不可。天气给力，蜜的产量和质量才高；场地适宜，蜜蜂们才能不受干扰，安心酿蜜；而"人和"，更是对不停游走在异乡的蜂农的莫大考验。

在新曹农场驻扎下来的第三天下午四点，我正蹲在帐篷边给小安挠痒痒。一个男人骑着电瓶车冲过来，停在与我的帐篷相邻的大路旁，扬声喝道："嗳，你过来一下！"

我一愣，下意识地抬起头："你叫我吗？"

"是！"他板着脸，很不耐烦。

我一时摸不清他的意图，忐忑不安地走了过去。

"昨天我老婆从这条路上经过，你家的蜜蜂把她咬伤了！"他转过身，招招手，一个矮个女人从道路斜对面的杨树下闪出。女人的手上捏着两盒季德胜蛇药片，头上罩着一顶帽子。她轻轻掀掉帽子，赫然出现了一张扭曲变形的脸——天知道蜜蜂展开了什么样的攻势，反正她的上半部脸遭了殃，右眼勉强还能见人，但左眼就太吓人了！上下眼皮子合成了一道缝儿，肿胀透亮，像原先的眼睛凭空消失了一样。

男人指着女人的脸："就她这个样子，你打算怎么办！"

我哪里见过这阵势，心怦怦乱跳，一溜烟跑回帐篷搬救兵。

新丽姐正在挖蜂王浆，随手取了王浆瓶子和棉签跟着我出来。她先是给女人的面部涂抹了一层蜂王浆，又不慌不忙地向男人保证，说蜜蜂蜇人只要不过敏，绝不会有危险。"别担心，至多一两天，肿胀很快会缓解的。"

既然不危及生命，蜂农的态度又很诚恳，那夫妻俩倒也没讹人，自顾自骑上车走了。

晚饭桌上，我心有余悸地给刘大哥播报了"伤者上门讨说法"一事，问他有什么感想。他平静地说："这边的人讲道理，不胡搅蛮缠。要是到了东北那一带，就麻烦多了，十有八九要吵着赔偿。"

我说："你放了几十年的蜂，类似的事情时常发生吗？"

他笑了笑，摇摇头："这不算什么，比这严重的多了去了。"

我很好奇："有多严重？"

"蜇死了狗——倘若狗同时被五百只蜜蜂叮咬，一般就活不成了；蜇死了毛驴——我的蜂场在一两里外，当地老乡把驴拴在山脚下，蜜蜂们飞去山上采槐花蜜，结果把毛驴蜇死了。那头驴蛮聪明，挣脱了绳子逃回家。人家一看驴的惨状，马上找来蜂场了。另外，我同乡的蜜蜂还蜇死了一个小孩子。"

我大惊失色："蜇死了人家的孩子！"

"在河南，我同乡的蜂场和小孩子居住的村庄是安全距离。

小孩子野气，七八岁，偷偷溜到蜂场来捣蛋。他个子矮，我同乡没注意。他趴在地上，一点一点蹭到蜂箱边，扯破蜜蜂的肚皮咂巴蜂蜜，最终被蜂群围攻，活生生被蜇死了。我同乡吓得六神无主，赶紧来找我拿主意。后来我多方协商，赔了钱，总算把事情处理妥当了。"

涉及生死的话题太沉重！我叹了口气，问他："刘大哥，那你养蜂生涯中最得意的事是什么？"

最得意的？他脱口而出："去东北采荆条蜜，帮我小舅子找了个老婆回来！"

天生口齿不清的小舅子，十八岁的满族姑娘，来自姑娘外婆一族的强势阻拦，全村人手持器械团团包围装载着蜂箱的卡车……洋洋洒洒讲述下来，不亚于一部精彩的电视连续剧。

这是刘大哥第二次表现得这么健谈，也只有提及养蜂生涯中的牵牵绊绊，这个七十五岁的蜂农才会褪去惯常的内敛，变得神采奕奕。我和刘大哥夫妻第一次碰面是在慈溪农业局金汤东先生的办公室。金汤东熟识慈溪地区所有的蜂农，却偏偏力荐了刘大哥夫妻给我。

昨天，我还在追问刘大哥："别的蜂农都不愿意接受我的加入，为什么你家答应了呢？"

刘大哥解释道："金汤东委托我的事，我当然不推辞。但我要求他安排双方见个面，再决定带不带你转场。"

"见到了我,你同意了?"

"嗯,我一看,这个作家很朴实嘛,穿着普普通通,讲话中规中矩。从梁弄到慈溪一百多里路,呼啦啦地骑着一辆大摩托车就来了。"刘大哥自信满满地说,"我当书记时,可是被借调到公安局刑侦科干过一阶段的。看人一准儿错不了!"

嗨,刘大哥,你有两下子嘛。

风,风啊

我们是在四月九日凌晨时分,抵达的东台市弶港镇。从国道下来,满载着蜂箱的货车由前来接应的收蜜老板的车子引领,驶上了一条窄窄的乡村道路。在车灯的映照下,道路两旁盛开的油菜花亮晶晶的,仿佛失落于凡间的满天群星。透过车窗,我看见幽暗的田野上矗立着一排排巨大的风力发电机,没有风,三片银白色的剑状叶片嵌合在轻纱一样的夜色中,凌厉而安静。

不得不说,眼前的景观再配点柔和的古典音乐,完全撑得起一部顶级的文艺大片。尽管睡意蒙眬,我还是情不自禁地脑补出了一位身穿曳地白裙的长发少女,悠然走在油菜花丛中的唯美画面。而充当背景的,正是那排长身而立,如同众神一般存在着的风力发电机。唯一让我不解的是,沿途怎会有如此之多的风力发电机呢?

一百多只蜂箱摆放妥当,帐篷搭建完毕,生活物资也一一就位后,天亮了。我左左右右走了几百米,大致打量了一下这个陌生地方。蜂场紧邻一条不宽的水泥路，北边是一个颇具规模的村庄，上百户人家，清一色矮小紧凑的平房。南方乡村随处可见的两三层的普通楼房或精致气派的别墅式小洋楼，此处一栋也没有。

在高频闪现的白色风车和千篇一律的小平房之外，我还有一个新发现：凡是从蜂场旁边路过的女人，不管是走路的，还是骑车的，都用一块花头巾把脑袋包裹得严严实实。

据我所知，戴头巾是诸如回族、哈萨克族、维吾尔族等部分少数民族女性的传统习俗。东台弶港镇是汉族集聚地，为什么女人们也离不开一块花花绿绿的头巾呢？

四月九日那天，阳光灿烂，气温适宜，一切显得温情脉脉。帐篷里不冷不热，太阳能充电板提供着基本的电力，北边村庄里落实到了一口能畅用的水井。我心想，都说养蜂是个苦行当，也不过如此嘛。然而，从十日开始，风仿佛得到了什么讯息似的，从四面八方赶来了。之后的几天，礼节性的小风吹了一天，试探性的中风吹了一天，其余的，都是肆意妄为的大风。

我们的帐篷由两片简易的铁皮门架子、七根钢管，以及一大块厚实的油布组成。门架子的缝隙宽宽的，油布毕竟不比砖头水泥，根本无法完全贴合房架子。风拿周遭那些精悍紧凑的小平房没办法，对付我们的帐篷却是轻而易举。它不讲武德，东南西北一阵拳打脚踢，把帐篷折腾得哐哐作响。两侧的篷布在瘪进去和鼓出来之间不停切换。夜间睡觉时,呜呜哇哇的风声此起彼伏。任何时候,只要风想钻进帐篷,哪怕紧紧关住两头的门窗,它总有办法把尘土送进来。吃饭桌上、锅盖上、椅子上、桶盖上、床上……上午刚刚擦拭过,下午又是毛茸茸的一层。一杯开水凉在那里,待会儿去喝,杯底黄黄的尘粒肉眼可见。我脚上的黑色网眼运动鞋,挨不到傍晚,就变成了古里古怪的灰白色。

在小镇梁弄,我只需五天洗一次头。到了这儿的第二天傍晚,头发摸起来就是泥乎乎的了。早上起床,头发不是阴阳怪气地翘着,就是死皮赖脸地黏着,散发着颓废的油光。

邋遢到了这个份儿上,我总算明白了这里的田野上为什么有那么多的风力发电机,明白了这里的居民们为什么都心甘情愿地住着矮趴趴的小平房,明白了这里的女人出门时为什么少不得一块头巾。

风!风啊!大风啊!

若是不下雨,光刮风,大不了打打脸,吃吃灰。风雨交加的话,又是别样的惊魂。四月十五日晚上七点左右,吃罢晚饭的刘大哥躺在床上刷手机,慢悠悠地咕哝一声:"咦,有大风橙色预警嘛。"

新丽姐飞快地应了一句:"希望只是从这儿路过。"

他们夫妻俩的对话平平淡淡,丝毫没有引起我的注意。洗好了碗,我拉着新丽姐去厕所。

厕所离帐篷不远,刚来的头两个晚上,我脖子上挂支手电筒,一个人也敢往厕所里跑,反而是新丽姐提醒了我"当心草里有长虫(蛇)"后,胆子突然就小了,从先前的昂首阔步变成了一步三顾。

我们进了厕所不到十分钟,忽然听到外面传来一阵轰隆隆的巨响。我听着像是在打雷,但新丽姐不信,说天上又没闪电,怎么可能打雷,肯定是满载的大货车压过路面产生的震动。

我俩往回走时,刘大哥正站在帐篷前,背着手,朝着西北方向静静地眺望。风裹挟着微微的凉意,难得的温和。天上没有一颗星子,暗沉沉的,如同一块脏兮兮的旧毡子。

刘大哥说,天气预报半小时前显示东台那边有十级以上的强风,我们这边虽然离得远,还是会受影响的。他戴上头灯,招呼新丽姐加固帐篷。两顶帐篷的后端都打了地桩,前端拴在两只灌满蜂蜜、总重达一千二百斤的大铁桶上。新丽姐又在我帐篷的右边垂吊了两只水桶,将左边的篷布绑在摩托车踏脚上。我傻呆呆地跟在他们身后转了十来分钟,看他们俩熟稔地拉绳子、打套结,什么忙也没帮上。

全部的防御工作做好,八点还不到。先是闪电跃然而出,一道叠着一道,你追我赶,灵蛇般地交错舞动。没有预兆,没有过渡，风瞬间排山倒海地来了。我前脚躲进帐篷，还没来得及平复呼吸，雨点已噼里啪啦地打在我头顶的篷布上。

帐篷布有两层，雨点再大再急，我不担心，使我深感惊惶的是帐篷外呼号奔走的狂风。从八点到九点，整整一小时，电闪、雷鸣、暴雨、狂风，四管齐下。帐篷在风雨中颤抖得如同一片飘零的落叶。篷布猛然后退，又猛然前进，打在门架子上，力道惊人。有好多次，门架子痛苦地呻吟着，似乎下一秒，它就会四分五裂。有好多次，大风把整座帐篷撬得颠来颠去，就像被捆绑着的普罗米修斯那样，左冲右突。巨响宛如战鼓擂动，人置身其中，就像乘坐着一叶在激流中失控的扁舟。

雨水在风的撺掇下，扒着门窗的缝儿溜进来，很快打湿了我的半边褥子。我手忙脚乱地把床拉向帐篷中心，不敢坐，更不敢睡，像个浑身长满虱子的猴子，抓耳挠腮地立在幽暗的野营灯下。隔壁帐篷里的新丽姐预料到我的萎靡，发来微信：没关系的，就是刮风下雨嘛，大不了篷子吹翻了，我们被雨淋嘛，被风吹嘛，人不会受伤的。

多么直白的安慰！我愈加瑟瑟发抖。号称能扛住十二级台风的帐篷都被吹翻了，在这光溜溜的水泥场上，人还能不被吹到九霄云外去吗？

九点一刻后，雨还在声势浩大地继续，风的威力明显减小了。我紧绷的神经慢慢松下来了——总算能睡个安心觉了！

第二天一大早,刘大哥刷到了蜂农同乡帐篷被刮翻的视频。我惋惜之余,无比庆幸。新丽姐见到了又给我打预防针:"啊呀,这才是你接受的首次考验呢!往北方去,气温一高,雷阵雨也不是吃素的哦……"

我搔搔脑袋,脖颈后陡然升起一股凉气。

送菜给我们的人

在东台，送菜给我们的人有三个。

第一个是北边村庄的一位大姐，中等身材，四方圆脸，眉眼弯弯，扎着一条长辫子。那是我们驻扎下来的第二天傍晚，小安跟着我去北边村庄的村民家里取水，才灌了半桶，西边忽然跑来一只黄色大狗，冲着小安厉声汪汪。小安本就是胆小狗，再加上客居在陌生地盘，底气不足，被"土著狗"劈面一个下马威，吓得直往我身后躲。大黄狗掌握了主动权，居然还不肯善罢甘休，兀自骂骂咧咧。

两狗僵持间，一位长辫子大姐现身了。听到脚步声的大黄狗扭头望去，尾巴不自觉地摇成了电风扇。看它那一百八十度大转弯的态度，必是主人驾到无疑了。长辫子大姐轻轻呵斥一声，黄狗立刻换上了一副温顺的嘴脸，对着主人极尽谄媚。

我们相互做了简单的自我介绍，大姐就返回自己家去了。待我取满两桶水，正往摩托车后座绑，她拎着一方便袋新鲜的茼蒿走了过来,二话不说,直接把茼蒿口袋挂在了我的车把手上。

"大姐,您太客气啦!"

大姐摆摆手:"你们到东台来了,就是客人。我自家地里长的,嫩得很,要是合你们的胃口,地里还多着呢。"

我满心欢喜地回到了蜂场,把茼蒿拿给新丽姐看。一旁的刘大哥慢悠悠地说:"我们养蜂几十年,跑了很多地方,要数苏北人品质好,质朴。"

大姐之后又给我送了两回菜。一次是晚上,我和新丽姐去打水,她摸黑去园子里割了一大捧韭菜塞给我们。一次是上午,她骑着电瓶车过来,一捆碧绿粗壮的芹菜搁在车踏板上。

第二个送我们菜的是取水那户人家的女主人。女主人起得很早。每天我去她家井边刷牙洗脸时,她家的厨房门已经开了。这段日子,她在附近的西瓜大棚里"打杈",一天有三百元的收入。工资虽然高,但时间也长,从天亮干到天黑,午饭也只是在大棚里匆匆对付一下。来弶港镇的那天晚上,拉蜂箱的司机就自豪地告诉我,说东台的西瓜全国闻名,难怪我们蜂场四周都是白花花的西瓜大棚了。

听女主人讲,住在大棚里的瓜农并非本地人,他们只是租赁了农场的土地。西瓜对土壤的要求很高,今年种过了,明年得让土地缓一缓,换成别的农作物,不然西瓜秧容易生疫病。

眼前的一期西瓜成熟了，再种一茬包心菜，到十月底，农场的这些土地又该是另一批人来栽种水稻了。

西瓜大棚距离我们的蜂场不远，如果不是大风天，那边的人喉咙音粗一点，坐在帐篷里的我都能听得到讲话声。可惜他们讲的是方言，我听不懂。他们中的一户人家养了一只剃光了毛的黑色泰迪，黑泰迪不定期地在蜂场对面的水泥晒场上撒欢，但并不靠近，想必也中过蜜蜂的伏击，有了心理阴影。

我带小安去西瓜大棚那边串了一次门，是个中午，大概活儿不紧张，七八个中年男女闲闲地围坐在遮阳网下有一搭没一搭地聊天。大棚两侧都撩起了一道不宽的缝隙，我朝里张望了一番，没看到成形的西瓜，但能瞧见西瓜藤上开着的黄色小花。有的西瓜藤上系着鲜艳的红绳子，大概是某种标记。每隔几米，还栽种着一两株西红柿或黄瓜。

瓜农住集装箱，蜂农搭帐篷，都在异乡地盘上谋生，都是收成靠天。只不过前者与植物日日相对，过着一成不变的生活；后者天天与昆虫为伍，多了几遭转场的颠沛动荡。

我不确定取水的那家女主人在哪个大棚里干活，有天早晨去她家的井边洗衣服，她听到了动静，赶紧跑出来，送给我一只碗口大的花皮小西瓜。我不懂这种提前从藤上"间"下来的生西瓜有何用途，她热情地教我："可以吃啊，烧鸡蛋汤或者爆炒，切成丝，大蒜炝锅，搭配点辣椒末子，脆嫩爽口。"

我把圆溜溜的小西瓜带回帐篷,摆在饭桌上。看着它,就想起那个娇小的女主人恬静的笑脸。

第三个给我们送菜的是位胖乎乎的大哥。他拢共给我们送了四趟菜。第一回,他骑着车从东边过来,到了我们帐篷门口,放下一捆莴苣,只说了一句"给你们送点菜",掉头就走了。来去好似一阵风,速度快得我都没来得及表达谢意。

刘大哥在蜜箱边干活,新丽姐坐在帐篷里移浆虫。我拎着沾有露水的莴苣走进帐篷向新丽姐汇报。新丽姐问我:"你看清那人的脸了吗?"

我说:"看清是看清了,但不认识。"

"他来我们这儿买过蜂蜜吗?"

我摇摇头。

"难道是老刘的熟人?朋友?"新丽姐歪着脑袋望了望刘大哥站立的位置,又否定了自己的猜想,"我们没来过东台打蜜,今年是第一次,不该有老熟人老朋友嘛。"

过了一天,大哥又来了,这次带来了一束韭菜和满满一箩茼蒿。

第三回,他又来蜂场送了很大一堆莴笋和青菜。这一次,他的兴致很高,说自己家就在附近的村子里,说自己是农场的职工,说他的菜全是自己种的,没有喷洒丁点儿农药,说他的儿子在东台市区工作,他过些天要去儿子家小住几日了。

第四回,他去十多里外的八里小街办事,拐到我们帐篷边放下好大一堆茼蒿,又问我们有没有需要他代办的物资。

新丽姐回赠了这位热心的大哥一瓶浆虫酒、一瓶蜂蜜。大哥跳上电瓶车就逃,坚决不肯收。新丽姐拔脚去追,瞅准机会丢进了大哥的车斗里。

去花舍

花舍是个村庄的名字,在蜂场的西北方向,距离我们约十三公里。

吃过午饭,我推出摩托车,绑好了箱子,把小安塞了进去——它病了,一天一夜没吃饭,两只耳朵软炧炧地耷拉在脑门上,鼻子干巴巴的,看起来萎靡极了。

在蜂场驻扎下来后,夜里它与我同住一个帐篷。本来每天早上只要我一打开帐篷门,它便迫不及待地跳起来,一溜烟儿地奔向周边的田野。但四月十六日的清晨,我都刷好牙洗好脸了,它还闷闷地蜷缩在窝里不动弹。现在想来,其实前一天夜里,它就极不安生,频繁地在泡沫箱里翻身,喉咙里似乎卡着异物,像人一样打着嗝。只是睡得迷迷糊糊的我那会儿并没有在意,只当它又被蜜蜂蜇了。

在新曹农场安家的第一周,小安已经被蜜蜂蜇了两回。它被蜇是因为它刚刚和蜜蜂打交道,尚不知避险。蜂场周围四通八达，它想出去撒欢，往哪边走都行。实在不济，钻油菜地也是上上策，可它偏偏大摇大摆地贴着蜂箱过。倘若它披着浅色的皮毛，那倒没多大风险，但它是一只以黑色为主的四眼铁包金。蜜蜂最不喜欢深色，自然对送上门的它穷追不舍。等它结结实实地感觉疼了，已为时晚矣！打又打不过，咬又咬不到，甩又甩不掉，只能惊慌失措地驮着一团蜜蜂没命地往帐篷里逃。被蜜蜂蜇过后的第一天，它绵软无力，眼神迷茫，声带受损，不时发出嘶哑的呻吟声，胃口也小了很多。但这样的情况不会持续太久。一夜过后，它又扭着欢快的小屁股，元气满满地扑向大自然的怀抱，放飞自我去也。

对于小安被蜜蜂"教做狗"一事，新丽姐建议我将它拴在帐篷里，说只有减少它与蜜蜂碰面的机会，才能避免它挨蜇。

思想上，我是支持禁足小安的；行动上，却迟迟不愿实施。

自由是世间万物与生俱来的向往。人如此，小动物们亦然。如果不能让一只狗无拘无束地蹦跳在阳光下，享受风吹狗脸的惬意，它短暂的狗生还有什么乐趣？小安还不足五个月，它这么小，这么天真，这么信任我，跟着我辗转到迢迢数百公里外的异乡，已经难为它了，再用一根铁链束缚它的天性，使它成为实质上的囚徒，我首先接受不了。

其实在蜂场，别说是狗，就是人也免不了蜂针之苦，每天在蜂箱边干活的刘大哥和新丽姐少则被蜜蜂蜇七八次，多则十来次、二十来次。即使是我这个轻易不靠近蜂箱的人，都屡屡中招。最严重的一次是午后，蜇在左眼皮上，天还没黑呢，眼睛肿成了大核桃，视线范围窄成了一道缝儿，坠坠地难受，三天后才消肿。

新丽姐说，她家养过一只纯黑的狗，跟着他们两口子在蜂场住了好几年，小时候被蜜蜂蜇得不成样子，嗷嗷叫了几回就变聪明了，任何时候都离小蜜蜂们远远的。转场时的蜜蜂最具攻击性，逮谁蜇谁，揣摩到这个规律的小黑狗，每次转场下了车，赶紧先找个地方躲起来，等主人把蜂箱安排妥当了，它才放心大胆地露面。

我不把小安拴在帐篷里熬日子，同样是抱着它能"识时务"的想法。吃一堑，长一智。我没办法全天候地护卫它的周全，不如在可控范围内放任它探探险，让它早点认清形势，夹起尾巴，乖乖做狗。没料到，它刚快活了一星期，问题就冒头了。

十六日这天，它昏昏然地趴了一上午，水米不进，我喂了它一颗广谱消炎药。下午，精神似乎好了一些，喊它的名字，它也能起身，摇头摆尾地回应，傍晚还吃了一小碗肉糜拌饭。可十七日早上，它又蔫巴巴了，歪歪斜斜地跑出去坐在水泥场中央好一会儿（后来我在那里看到它呕吐的一摊白沫），回来后又不动弹了，肚子一抽一抽的，腋窝下摸着很烫。我掰了一段火腿肠送到它的嘴边，它缓缓睁开眼睛，闻了闻，轻轻叼了过去，在嘴巴里含了几秒钟，还是吐了出来。要是在平时，火腿肠可是它的大爱！

大概是见我蹲在它的窝边没走，它强撑着起身，伸出右前爪刨起了窝里垫子的一角，再用鼻尖把那根印着它牙印的火腿肠费力地拱进垫子下面。也就是它这个笨拙的动作，让我心酸极了。它小小的脑袋里一定没有"死亡"的概念，还在为自己的未来打算，藏起此刻吃不下的火腿肠，想留着日后再享受。

我跑去蜂场北边的村子打听此处是否有兽医，村民表示不知情。幸好我手机里储存了二十多里外菜鸟驿站老板娘的电话，老板娘告诉我，花舍好像有宠物医生。

虽然是"好像"，但我还是决定去碰碰运气。

新丽姐搬来结实的木头蜂箱，在里面套进一只纸箱子，我把小安抱了进去，固定在摩托车后座。小安的眼睛半睁半闭，像一个不会讲话的小孩子，任由我们摆布。

去花舍的路上，风很大，刮得我的头盔不停后移，像是谁在背后用力勒住我的下巴。我按照导航前行，一鼓作气骑出去二十多里，才看见一个五颜六色的集镇。我放慢车速，咨询了六七位路人，顺藤摸瓜找到了兽医的家中。兽医瞄了一眼精神恍惚的小安，诊断为食物中毒。

我不敢相信："怎么会食物中毒呢？我没给它吃什么过期的食物呀！"

兽医回我:"它如果一天到晚在外面乱跑,你怎能保证它没瞎吃呢?"

自由是要付出相应代价的!我一时无言以对。

兽医吩咐我捏住小安的嘴,在它耳朵两边各打了一针,说后继还要打两天。考虑到我来去不便,他提出配好两份药,由我回蜂场后自行给它注射。我没有任何护理常识,怎敢拿狗做实验?想也没想,我拒绝了兽医的好意,还是约定第二天带小安到花舍面诊。

第二天上午,小安的状况有所好转。下午一点多前往花舍,我心情大好,车速减了一半,优哉游哉地观赏沿途的风景。难怪东台会有"花舍"。抬眼望去,目光所及的田野里,金黄与碧绿相映生辉,油菜花是当仁不让的主角,成片的小麦也抽穗了,联排的西瓜大棚气势十足。最惊艳的是农干河桥边的两处大面积的鲜花地,其他地方不曾看到过。白色的花瓣,嫩黄的花蕊,清雅娇柔,风情无限。这些花开了应该有些时日了,花瓣已呈现出凋零的迹象,但在几百米外就能闻到浓郁的香气。去花舍的第一天,我满脑子想着早点找到兽医,心无旁骛,居然错过了如此难得的美景。倒是小安,许是第一次打针在心中留下了阴影,见摩托车在兽医家门前停下,它的小爪子立刻死死抠住箱子边,拒绝下车。两针扎完,它梗着脖子嚎叫了好一会儿。兽医满意地说:"叫声比昨天有力,明天再巩固一下吧。"

第三天，气温骤降，风呜呜作响，刮得脸生疼。下午两点多，我穿上厚厚的棉袄，系上围巾，套上护膝，带着小安赶往花舍。这一次，小安的恐惧达到了顶峰，一听到兽医的声音，顿时瑟瑟发抖，两条后腿瘫软得简直撑不起它小小的身躯。我狠下心协助兽医给它打了两针，它叫得凄厉无比，我的手一松，它立刻钻到人家的椅子下，泪光闪闪，哼哼唧唧。

回去的路上经过盐坝大桥，桥下的河面上布满风的痕迹，一眼望不到尽头。我靠边停车，和小安合了个影。想想十天前，我还在浙东小镇过着一成不变的小贩生活；此刻的我，匆匆的脚步却落在了别人的故乡。假如不是铺天盖地的油菜花，养蜂人不会转场到东台。假如我不随养蜂人出行，小安就不会跟着我来到东台。假如不是小安生病，我就不会带着它赶去花舍。几天后，我们的蜂场将转去山东泰安，离开这儿，也许，我这一辈子都没机会知道苏北平原上还有一个名为"花舍"的村庄。

再见，八里

蜂场驻扎在东台弶港的十五天里，我去了几次八里。于公，是新丽姐委派我去购买生活物资或收发快递。于私，是我开眼界的同时伺机觅食。

我很喜欢八里这个地名。尽管八里只是苏北平原上若干小乡村中极为普通的一个，却使我想起了我蔡家庄的奶奶。小时候，奶奶带我串亲戚，没有交通工具，全靠两条腿走。每次出门前我都要问一问奶奶，要去的人家远不远。奶奶总是满不在乎地摆摆手，说："不远，不远——也就七八里吧。"

第一次去八里，是我们在新曹农场落脚的当天下午。两顶帐篷搭建在农场闲置已久的水泥地上，风呼呼一吹，帐篷布东摇西晃，水泥地面上干结的厚泥巴顿时像被王子吻过的公主一样苏醒了，飞得活灵活现，到处都是。打算扫地的新丽姐找了半天，才发现笤帚忘带了，当即决定去集市买一把。我一听，心花怒放。因为我此次出行的其中一个愿望就是尝遍所到之处的特色小吃。集市是窗口，从那里最能窥视出一个地方的精神面貌及风土人情。

我用手机搜了一下，距离蜂场最近的集市叫"八里"（实际上有八公里半，忽略掉公里和里的差别，也算名副其实了）。

我载着新丽姐出了蜂场，疾驰了一段两边满是油菜花和小麦、遍布裂纹的乡间水泥路。路的尽头右拐，沿着双向六车道的国道继续直行了四五公里，红绿灯边赫然立着白底黑字的"八里"标志，左拐下去就是八里小街了。

可能是午后的缘故，宽敞的马路显得空空荡荡，颇为冷清。唯一的十字路口是八里的"商业中心"，聚集了数十家大大小小的店铺和加油站。东南西北都溜达一圈，用时还不到十分钟。一心想买笤帚的新丽姐直奔杂货店，满心馋念的我则流着哈喇子，目光灼灼，像狼狗一样蹙着鼻子闻了好一会儿，始终没找到期待中的烧饼摊子。

一个盛产小麦的苏北小镇的集市上，居然连一家简简单单的烧饼摊子都没有，这也太不地道，太不符合常理了吧！

卖熟食的小摊子倒有两家。一家租了店面房，主打炸鸡和凉拌菜。一家是可移动的玻璃橱窗，卖十八元一只的烤鸭和"二师兄"的零部件。可这两家的招牌上都白底红字地写着"安徽卤菜"，摆明了不是真正的八里风味。

我揣着满腹的失望走进就近的华联超市，漫无目的地逛了逛生鲜蔬菜区。没想到，一泡沫箱邋里邋遢的烧饼居然混杂在五颜六色的蔬菜中待售。它们的外皮斑斑驳驳，上面的芝麻七零八落，价格低廉。对烧饼再朝思暮想的人，恐怕也难以产生亲近它们的欲望。

由于烧饼的缺席，八里在我心中的地位直线下降。我是个守旧的"七〇后"，在没有肯德基、麦当劳，也没有蛋糕和奶茶的年代，七分钱一只的葱油大烧饼是划亮童年的一道光。当香酥的外皮和喷香的葱油交织在唇齿之间，幸福就会像花儿一样绽满天灵盖。这些年，无论走到哪里，我都会在第一时间去街头巷尾探访当地人的烧饼摊子，通过味蕾与一只甫出炉的"土著烧饼"的窃窃私语，去触及一个陌地的灵魂。我吃过扬州的烧饼、黄桥的烧饼、温州的烧饼、安徽的烧饼、广西的烧饼、无锡的烧饼……纵然原材料一模一样，地区不同，烧饼的口味也相去甚远。

没吃到烧饼的遗憾只能通过其他东西来填补。我在微信上向一位盐城籍的大哥虚心讨教，请他介绍他的故乡特色，盐城大哥首推了"鱼汤面"。第三天早上，我按捺不住蠢蠢欲动的馋心，一大早就顶着啪啪打脸的大风向八里进军。

本来我的第一目标是菜市场。以我混迹菜市十七八年的经验，菜市场即使个不是人头攒动、热闹非凡，至少也应该温情脉脉、井井有条。然而，我在八里的街道来来去去跑了好几个来回,却怎么也摸不到菜市场的大门。郁闷之下,我拉住了一位胖乎乎的大爷问路,人家冲着我身后正在洗鱼的大婶儿一努嘴:"喏,那儿可不就是菜市场嘛。"我伸头探脑地经过洗鱼大婶面前,向里走去——所谓八里菜市场竟是一个破旧简易的棚子。

实事求是地说,这是我有生以来见过的规模最小、最潦草、最不像菜市场的菜市场。卖东西的仅仅两家。左边地上零零散散地摊着些许蔫了吧唧的蔬菜,摊主只顾埋头理货,也不亮出招徕顾客的微笑。右边是一张低低的肉案子,摊主五十岁出头,瘦长脸,穿一件油光光的夹克。我装作很内行地打量了一下他的猪肉——不是诱人的淡红色,而是奄奄一息的淡紫色。我试探地问他,怎么看着像昨天的肉呢?他表情淡漠地指了指另外两大块没有皮的后臀,说:"今天的肉在这里。"

出了"菜市场",我还不死心,又和洗鱼的大婶搭讪了几句,询问附近还有没有其他菜市场。大婶不以为意地说:"超市的东西又多又便宜,谁还要来菜市场!"

倒也没错。超市的货品齐全,价格实惠,有没有菜市场对老百姓的影响委实不大。可是,就像街头没有烧饼铺子一样,如果一个地方没有菜市场,总觉得少了些什么。具体少了些什么呢?我这个与八里只短短一段缘分的外乡人似乎也无法精准地表达。

好在我在八里的小街并非一无所获,最起码,碰到了一位细致和蔼的老先生,另外还吃了两顿不错的早餐。

老先生是一家小五金日杂店的店主。我们帐篷的前后门是用铅丝拧紧的铁皮活页——这是刘大哥的权宜之计,原本把帐篷的铁皮活页连接起来应该要铆上配套的螺丝。铅丝和套口不吻合,大风一来,帐篷门就控制不住地哐当作响。新丽姐差我去配螺丝,小五金日杂店在八里华联超市对面。店主老先生的听力不尽如人意,我连说带比画,又给他看了帐篷套口的图片,他终于弄懂了我的意图,戴上老花眼镜在密密麻麻的商品堆里翻来覆去地扒拉起来。扒拉了十几分钟,才找到一对螺丝。我心想,花了这么大的劲儿找出的螺丝,大概价格很贵吧。结果,老人家只收了一元钱。

为了配到适用的螺丝,我先后去了他的店里三趟。第一次拿的是半螺纹,不行;第二次去换,粗了一个号,螺杆偏短,不行;第三次,螺杆的长度够了,但偏细了,还是不行。

我也在菜市场摆摊多年,如果只是一元钱的生意,还翻来覆去地折腾,我恐怕就没这么好的耐性了。可八里小五金日杂店的老先生丝毫未流露出任何的不满,直到别的顾客都对我怒目而视了,他还一直和颜悦色地找啊找啊找……

八里的早餐店只有三家。十字路口的一家打着"上海南翔小笼包"的招牌,听听口音,不是当地人。另一家的店主是个五十多岁的中年男人,走路有点跛,但人收拾得清清爽爽,系着洁白的围裙。他是居家店铺，名为"施家面店"。据他自己介绍，他开早餐店已二十多年了，供应肉包子、菜包子、萝卜丝包子、茶叶蛋和鱼汤面。七点一刻，理应顾客盈门的时刻，他的店里却独独我一人。我要了一只菜包子拿在手里，一边吃，一边看他煮面。煮面不复杂，奶白的鱼汤预先熬在一只电饭锅里保温，从沸腾的大铁锅中捞出的一撮面条坐进预先备好的鱼汤碗里，加些许香葱芫荽，就送到了我的面前。

面很筋道，汤很鲜，店主还贴心地配了一碟子咸菜炒肉丝。所以，即使鱼汤面淡得没放盐似的，我都没好意思吱声。几天后，我到十字路口斜对过的名为"财宝小吃"的第三家早餐店里第二次吃鱼汤面，才算是长了知识。

比起门可罗雀的施家面店，财宝小吃的生意真是源源不断。店里有四个中年妇女，个个忙忙碌碌，让人分不清哪个是老板，哪个是伙计。我要了一只烧卖，一盘子干丝，一碗鱼汤面。烧卖里没有吃到肉丁，干丝里穿插着脆嫩的青椒丝，清香适口。鱼汤面上来了，我喝了口汤，很淡很淡，忍不住向服务员大姐提意见："你们这里的口味怎么这么淡？"大姐一挑眉，拍了拍我面前的盐罐："鱼汤面的咸淡本来就是你们自己掌握的呀。"

原来如此！我这才理解施家面店的鱼汤面为什么那么淡。在其他地方吃面条，口味都是由小吃店调配好的；而八里小街的鱼汤面，则把主动权交还到了食客的手上。我的面条我做主！专属的地方美食都是有温度的，有个性的。一碗鲜香浓郁的鱼汤面，背后竟还附着了我们都在下意识渴求的那一份自由随性。

在新丽姐定下的转场日期的前一天，我最后一次去财宝小吃店吃了一碗热气腾腾的鱼汤水饺，当是给自己饯行。小吃店的大姐问我口味如何，我擦擦脑门上的汗珠子，给了个好评。大姐满意地笑了："好吃你就多来吃吃。"

蜜蜂大军的下一站是山东泰安的徂徕山，离开了弶港，我以后还有机会再回八里吃那自己能拿捏咸淡的鱼汤面吗？也许有，也许没有。人生的很多时刻充满了未知的惊喜和突如其来的恩赐。就好比我换了一条没走过的新路返回蜂场，却迎面撞上了桥下的烧饼摊子。尽管我的肚子已经被鱼汤水饺填饱了，但我还是下车买了两只刚出炉的热烧饼。那是地地道道的八里烧饼，有点咸，有点甜，有五香味，有花椒香。

再见，八里！

二

初到山东

从暖烘烘的车厢一下子切换到阴冷的雨夜,我控制不住地打了好几个哆嗦,牙齿咯咯作响。黑灯瞎火,辨不出东南西北,也看不清来人的样貌。睡意蒙眬间,脑瓜子浑成了一团糨糊,迟钝得无法思考,我梦游似的跟在来人的身后机械地迈着步子。不时有大车轰隆隆驶过,裹挟的气流汹涌地喷在我的脸上,危险仿若近在咫尺。

化马湾的下马威

弶港油菜花的流蜜期过了,刘大哥夫妻定下了转场的日期。转场前先除螨——新丽姐在蜂场的地面上发现了很多失去翅膀的蜜蜂,这就意味着蜂箱里的螨害很厉害了。

螨虫的一个生长周期是七天,蜜蜂则是二十一天出一代。关于螨虫和蜜蜂的关系,刘大哥打了个通俗易懂的比方:蜜蜂相当于人,螨虫则是人头发里的虱子。两种昆虫之间三倍的生长时间差,一定要人为干预,才能维持蜂群的健康。

给一百二十箱蜜蜂除螨,刘大哥夫妻俩花费了四天的时间。为避免运输过程中蜜蜂被挤死,蜂箱里的每张"脾子(蜜蜂窝)"还都要用二寸的小钉子一一固定,再挂上连接着蜂箱下层繁殖区和上层生产区的弹簧钩。

蜜蜂的进场和转场都需要好天气的加持。转场前一周,我就在不停地刷天气预报,希望二十三日那天能延续进场时的好运气,让我们干干爽爽地奔赴山东泰安的徂徕山。可惜天不遂人愿,二十二日后半夜,我在睡得迷迷糊糊时还听到了雨点打在帐篷布上的"噗噗"声。

天亮了,我打开帐篷门,雨依旧淅淅沥沥,水泥地面到处湿漉漉的。我找出行李包,翻出了雨衣雨鞋。墨绿色的雨鞋崭崭新,标签还挂着。二〇二一年下半年,我确定了跟随蜂农外出一事后,特意去找在梁弄镇越冬的几户相识的蜂农取经,希望他们能给我提供一些野外生活的经验。其中一户养蜂大哥的妻子对我说:"陈慧,你一定要买双雨靴。东北的椴树场里蛇特别多,我去水边洗衣服,蛇盘得遍地是,如果没有一双雨靴,简直寸步难行。"

我的头点得如捣蒜,背脊一阵阵发凉,出了她家的帐篷门,连弯儿都没拐,直接跑到镇上的鞋店买了一双加厚的高帮雨鞋。二〇二二年三月底,我早早收拾了行李准备出发,没想到因为疫情,计划搁浅了,购置好的所有行头只得原封不动地存进橱柜里。二〇二三年四月初,我如愿踏上北上追花的道路。在东台弶港的这段日子,虽然下了点小雨,但蜂场安置在宽阔的水泥晒场上,水洼不成气候,根本不值得惊动雨鞋。我当时还问新丽姐,是不是我们以后的驻地都是平整的水泥地。新丽姐咧嘴一笑,说:"你想美事呢,这样的水泥地一百年才遇一回。"

雨忽大忽小,刘大哥照例去检查蜂箱的情况,新丽姐继续移浆虫。如果不是事先得知转场的讯息,我在他们身上看不出丁点儿要搬家的迹象。慈溪下舍的首次转场，有刘大哥的几个同行帮忙，我几乎没动一根手指头。这次从东台转场到山东泰安就不一样了，挑蜂箱的工人倒是雇好了，其他一切搬运工作全要靠我们三个人。引用新丽姐的原话："哪怕是根草屑，你不拿，它自己都不会爬上去。"

吃罢早饭，我走进帐篷整理行囊。说是行囊，其实是新丽姐拿给我的三只蜂蜜桶。帐篷不比家里，通风性能差，水汽重。即便大好晴天，睡一夜，第二天早上，被子摸着都是湿乎乎的。衣服、鞋子、食品之类的东西如果收在包里，也很快变潮了。但盛进拧紧盖子的蜂蜜桶里，便不用担心变质或被老鼠破坏。

我的衣服和鞋子装满了一只蜂蜜桶，零食、药品及细碎的物件装了一只蜂蜜桶，被子和褥子实在太厚实了，没办法往蜂蜜桶里塞，折得方方正正，新丽姐帮我用防水布兜头兜脑地将它包住，再拿尼龙绳牢牢捆紧。归拢好这些，就剩下一张光溜溜的床板了。

九点左右，雨渐渐停了，新丽姐也开始打包行李。她跟着刘大哥走南闯北，搬家于她而言，司空见惯。不到一小时，他们帐篷里看似摊得到处都是的东西就分门别类地关进了几只蜂蜜桶中，只留下了一套煮饭吃饭的家伙。午饭本想从简，单炒一个下饭的莴笋丝。十点半，约定的货车司机来了，是夫妻档（丈夫开车，妻子作陪）。新丽姐觉得五个人吃一盘莴笋丝太寒碜,悄悄把我拉到一边,吩咐我加一道番茄炒鸡蛋,再加一碗自制的蜂蜜蒜头,好好差差凑合一餐。

在我做饭的间隙,刘大哥解下我的帐篷布,取下套口里的钢管,像小孩子玩积木一样,三两下就拆散了帐篷架子。司机夫妻给他当帮手,先把两扇帐篷门抬上车厢立了起来。这天从弶港转场的蜂农有好几户,挑蜂箱的工人很忙,大概午后一点才轮到我们的蜂场。我们只要赶在他们到来之前把所有生活物资安置在车厢的前部便算大功告成。

我把饭菜搬上了桌,司机的妻子也变戏法似的从驾驶室里拿出了一大包玉米煎饼和三只装菜的饭盒,饭盒里是土豆丝、炒肉糜和香肠。他们是山东淄博人,司机妻子说丈夫的胃只认自己家乡的玉米煎饼,别处的饭菜总也吃不惯。她随车出行,车上锅瓢碗灶齐全,交接了业务,卸好了货,她都要炒两个他爱吃的菜卷煎饼。

午饭过后,我们五个人一起动手拆刘大哥夫妻的帐篷。刚刚搬光了驻地上除蜂箱之外的一切物件,天空又落下豆大的雨点。我们坐进货车驾驶室翘首等待着挑蜂箱的工人前来。

上车前,新丽姐看了看我脚上的雨鞋,觉得不好看,叫我换掉。我的几双球鞋全收在蜂蜜桶里,被刘大哥装进了车厢,想拿也拿不出来了。况且我多次查阅了泰安地区的天气预报,二十三日夜里有雨。据刘大哥透露,徂徕山是沙土地,穿高帮雨鞋肯定比球鞋更合适。难看与否，管它呢！

下午一点半，两个挑蜂箱的工人匆匆赶来。他们负责挑上车，刘大哥站在车厢里协调蜂箱的位置，车尾的最边上，是睡着小安的一只旧蜂箱。新丽姐生怕同车厢的蜜蜂再蜇伤它，给它盖上盖子，打开通风口。

小安在东台的半个月，无精打采地趴了一礼拜，不吃饭，吐白沫，每天仅喝少量的水。我骑摩托车带它去了四趟二三十里外的花舍治病，兽医诊断的结果是食物中毒。前三次，耳朵两边共计挨了六针，短暂地好转了一天，又回到紧闭双目一动不动的状态。我唯恐它挨不过转场的颠沛，二十二日又带着它去兽医家打了吊瓶。有人来蜂场串门，看到病恹恹的小安，露出嫌恶的神情，说垂死的狗身上细菌很多，让我立刻处理掉它。我没有吭声。对于小安，我是有愧的。但凡它有一口气在，我都不可以抛下它。

货车在沈海高速上疾驰了四个小时，七点一刻抵达了花果山服务区。我在服务区里东张西望了一番，吃了一只包子和一只烧卖充饥，又把手机递给新丽姐，让她给我拍张照片。服务区内人来人往，红男绿女，衣着体面，唯我一个人套着土气十足的高帮雨鞋。新丽姐叹了口气："你看你，脖子上嘛挂着八百年前的黄布包，脚上嘛穿着这么一双雨鞋，好歹也是个作家，怎么不顾及点形象呢？"

出了花果山服务区，继续行进了四小时的路途。十一点二十分，货车缓缓驶入了山东省泰安市岱岳区的化马湾收费站。我的瞌睡尚未醒透，收费站劈面给了我们一个下马威——拦住装载着蜂箱的货车不放行，一定要收取五百八十元的高速费用。

刘大哥夫妻愣住了，这是其他省份都没有的遭遇。他们家来徂徕山洋槐蜜区十多年，一直都是畅通无阻，怎么今年就要收费呢？（早在二〇〇九年十二月，国家交通运输部和发改委、财政部就联合下发了文件，蜜蜂被列入《鲜活农产品品种目录》。蜂农在转场运蜂的过程中能享受到免收通行费的优惠政策。让转场的蜂农交费，明显属于违规操作。）

我和刘大哥夫妻下车据理力争，收费员死咬着"山东省有自己的规定"和"蜂箱没占到车厢面积的百分之八十"这两点不松口。

货车上满载着我们的生活物资和一百二十箱蜜蜂，工作人员无视实际情况，就是不认可。我们清楚地知道"蜂箱没占到车厢面积的百分之八十"只是强行收费的借口，但毫无办法。

半夜时分，天空飘着雨，气温很低，穿着厚棉服的我冻得瑟瑟发抖，一边讲话，一边打战。刘大哥低声下气地和收费员交涉了十来分钟，不得不妥协，让新丽姐交钱走人。

出了收费站，货车拐上了一条起起伏伏的山路，雨点啪嗒啪嗒地打在车前的挡风玻璃上。大约行驶了五公里，新丽姐朝着马路右下方的一块暗黑处一指,高兴地说:"我们到啦!"

刘大哥夫妻和司机妻子坐在后排,我坐在副驾驶室。司机把车开下路基,我率先推开了车门。

甫一落地,一个趔趄,差点摔个大马趴。

我一看,下了半夜的雨,驻地上又湿、又软、又烂,我脚上那双被鄙视了一千多里路的高帮雨鞋终于有用武之地啦!

初到徂徕山

洋槐树是徂徕山风景区的特色。

我对洋槐树并不陌生。因为洋槐有刺,如皋人习惯把洋槐树称为"钉子槐"。小时候,养父家的院子西首就站着一棵高大婆娑的洋槐树,每年春天,洋槐花开得沸沸扬扬,散发出沁人心脾的清香,一如不施粉黛、玲珑剔透的绝代佳人。有一年,乡里忽然下达了"砍伐杂树,广种银杏"的指令,于是,榆树、柳树、泡桐、楝树以及洋槐等一批所谓"杂树"顿遭灭顶之灾,有些树木安安静静地生长了几十年,甚至见证了一个家庭几代人的成长,一朝就被砍伐殆尽,沦为烧饭的柴火。从那以后,我就没怎么见到过洋槐树。所以,在徂徕山脚下安营扎寨的这几天,我早早晚晚观赏着漫山遍野的洋槐树竞相开花的盛景,嗅着满鼻子馥郁醇浓的槐花香气时,油然生出一种"他乡遇故知"的感慨。

新鲜槐花还能做出多种美食。我们蜂场边的洋槐林里每天都会来一拨又一拨摘槐花的人。男男女女，三五成群，叽叽喳喳，擎着一根顶端带钩的长杆子上山去，不一会儿的工夫，就拎着鼓鼓囊囊的袋子下来了。帮我们挑蜂箱的水峪村村民老刘给我讲解了几种槐花的家常吃法：槐花炒鸡蛋、蒸槐花、槐花炒肉、槐花馅饺子、槐花煎饼。他讲得手舞足蹈，我听得口水滴答，实在忍不住馋劲儿了，就地取材，手一伸便摘下了一串槐花骨朵儿塞进嘴里。还别说，甜津津，香喷喷，越嚼越有味道。正准备大快朵颐呢，老刘拦住了我，说生槐花有可能造成水肿，尽量不要多食。

隔日下午，新丽姐挖完了蜂王浆，兴致勃勃地拉着刘大哥去帐篷后的山坡上摘槐花，说晚上煎槐花饼吃。

煎槐花饼不复杂，新鲜的槐花骨朵焯水，沥干，加鸡蛋和面粉，调好咸淡，搅拌成糊状。起油锅，倒进槐花面粉糊，旋成圆形，定型了再翻个面，煎至两面焦黄即可。刚出锅的槐花煎饼松软鲜嫩，有一股独特的甜香。

吃着酥软香嫩的槐花饼，新丽姐若有所思，说她和刘大哥来徂徕山放蜂多年，还是第一次煎槐花饼。

"第一次？"我有点奇怪，"你们不爱吃，还是忙得没时间？"

新丽姐摇摇头："往年都是大娘给我们送现成的槐花饼。根本用不着我自己动手。大娘去年生病不在了，送我们槐花饼的人也没有了。"

新丽姐口中的大娘是"东家大娘"。"东家"是个极具年代感的词,蜂农每到一处追花,除非蜂场设在无人问津的荒郊野外,否则多数会有一个东家——在哪块地里搭建帐篷、安放蜂箱,那块地的主人即蜂农的东家。

在东台弶港采油菜花蜜的半个月,我们的蜂场驻扎在新曹农场(盐坝分场)的水泥晒场上,那是收蜂蜜老板帮我们落实好的地盘,盐坝分场所属的村庄的书记就是我们的东家。临走时,新丽姐送了书记家几瓶蜂王浆,一方面是真诚答谢收留之恩,一方面为来年的相见做个铺垫。

在家靠父母,出门靠朋友。到了蜂农这里,朋友有时候和东家是画上等号的。我们蜂场在山东的东家是一位八十八岁的大爷,名叫王兴沧。二〇〇八年四月,刘大哥夫妻在同乡的引领下,首次来徂徕山采洋槐蜜,蜂场就安置在王大爷三儿子的地上。浙江慈溪附海镇的蜂农与山东泰安水峪村的村民由此结缘,此后的日子里,两家人在每年一次的相逢与分别中坦诚相待,彼此尊重,缔结了深厚的情谊。

今年四月中旬,我们在东台弶港落脚的半个月里,新丽姐就接到了老东家的好几通电话,说放蜂的场地给平整好了,说徂徕山的槐花快开了,说另外几户养蜂的人早已就位了。放下电话的新丽姐笑着对刘大哥说:"大爷想我们了呢!"

四月二十三日午后,我追随刘大哥夫妻从东台弶港转场,颠簸一千多里路,抵达了他们驻扎了十六年的"老根据地"——泰安市岱岳区化马湾乡水峪村。凌晨时分,雨点啪嗒啪嗒地叩击着货车的挡风玻璃。翻翻手机的天气预报,雨一时半刻也停不了。气温很低,提前约好的挑蜂箱的工人要等到天亮后才能赶来。刘大哥夫妻俩、我和货车司机夫妻俩,五个人只得束手束脚地窝在逼仄的驾驶室内打盹。

货车司机打开了暖风,我坐在副驾上,小腿贴着出热口,舒服归舒服,脚上的高帮雨鞋却无福消受,很快被烘出刺鼻的橡胶味儿。想着到天明还得四五个小时,照着这个加热趋势,雨鞋指不定要融得稀巴烂。正忐忑间,有人在货车下晃动手电筒,并大声地喊着:"老刘,老刘……"

挤在后排的新丽姐拍拍我,说:"大爷来了。下车吧,车上挤得慌,我先带你去他家休息一会儿。"

从暖烘烘的车厢一下子切换到阴冷的雨夜,我控制不住地打了好几个哆嗦,牙齿咯咯作响。黑灯瞎火,辨不出东南西北,也看不清来人的样貌。睡意蒙眬间,脑瓜子浑成了一团糨糊,迟钝得无法思考,我梦游似的跟在来人的身后机械地迈着步子。不时有大车轰隆隆驶过,裹挟的气流汹涌地喷在我的脸上,危险仿若近在咫尺。

笔直走了约二百米,左拐上一段上坡路。高帮雨鞋踩在松软潮湿的沙土地上,发出嚓嚓的轻响。雨水重重地落在我的帽子上。每走一步,暗黑里的狗的吠声便越发凶狠高亢。领路的人提高嗓门厉声呵斥了几句,狗依旧不屈不挠地嚷着。抬头望去,一道橙色的灯光利刃般自右前方斜斜地穿了出来,在浓重的黑中划出一道缝隙。我知道,我们确实是到了。

借着室内明亮的灯光,我大致地打量了一下老东家。这是个身材高大的老人,皮肤黝黑,声音洪亮,讲一口地道的山东方言。他在我们进门后的第一件事就是往炉子里添柴火,让我们"暖暖"。

旺旺的炉火和热乎乎的茶水轻易地驱散了我们身上的寒气。新丽姐和老东家整整一年没碰面,有着拉不完的家常。我坐在板凳上,渐渐被云山雾罩的山东话绕得眼皮直打架。老东家连忙指指墙角的小床,让我去休息。我倒是巴不得躺到松软的床上,可我出发时带着的唯一一件棉袄从四月八日一直穿到了二十三日,都没脱下来洗过,又脏又硬,袖口、门襟、下摆还泛着可疑的油光。东台转场时还因为搬东西,各种蹭来蹭去,裤子前前后后糊满了灰,实在不好意思弄脏人家的床。我环顾四周,火炉旁恰巧有一张垫着海绵垫子的长木凳。我脱下沉重的棉袄躺下,把毛茸茸的棉袄帽子罩在沉重不堪的脑门上,尽力蜷缩着两腿,一动不动。

在家时,我是个睡眠质量极差的人,认地方,认床,不能有亮光,不能听到声响——哪怕极其细微。然而,在陌生的租徕山，在陌生的老人家里，在陌生的一张硬板凳上，在新丽姐和老东家的絮絮叨叨中，我却一反常态地潜入了宁静的梦乡。

不知道过了多久，依稀听到新丽姐在和大爷说要去货车边看看，雨已经停了，想叫工人早点来卸蜂箱。我下意识地掀掉脸上的棉帽子，起身望了望墙上的挂钟——才凌晨两点。我笨手笨脚地套上雨鞋，想跟着新丽姐一起去驻地。新丽姐拦住我："山脚下湿冷，你还是安心待在大爷家烤火睡觉吧。"

新丽姐拿着手电筒走了，我继续躺回长木凳。王大爷忙着淘米洗菜，准备做早饭，连说带比画地问我，是煮干饭还是熬稀饭。我还没来得及接他的话茬儿，头沾到了海绵垫子，睡意便像只密实的麻布口袋，彻头彻尾地兜住了我。这间小小的房子，安全，温暖，实在让人不能不像鸟儿一样把它当成了栖息的大树。

迷迷糊糊中，有人轻手轻脚地往我身上盖被子。

口袋里的手机骤然响起，我顿时惊醒。天色将明未明，五点还不到，挑蜂箱的工人来了。新丽姐催我去驻地抱出小安，它在东台病了一礼拜，转场时又被关在蜂箱里十多个小时，现下恐怕已经体力不支，站不起来了。

我套上棉衣，知会了大爷一声，拔腿就往门外跑：下坡，树荫，盘山公路，匆忙赶路的重型货车，随处可见的洋槐花……

潮湿的驻地上，小安挣扎着从半开的蜂箱里探出身子。我摸摸它的小脑袋,它温顺地舔了舔我的手,快乐地哼哼。从行李堆里扒拉出它的饭盆儿,给它倒了半瓶矿泉水。它摇摇尾巴,吧嗒吧嗒地猛喝了一气。

帮我们拉蜂箱的货车司机的妻子欣喜地说:"它好了!"

在东台装车时,她目睹了小安的苟延残喘,满以为它缓不过来了。小安出乎意料地精神焕发,她打心眼里替它高兴,连声说:"行了!行了!它好了!它一来山东就没病了。俺们山东真是它的福地啊!"

邻居们

早些年,蜂农们外出放蜂,蜂产品的收购和驻地的安排都是由当地的供销社负责。为了确保蜂群采集到足够的蜜粉源,一般情况下,相邻的两家蜂场至少要保持三里的距离。然而,在山东泰安岱岳区的徂徕山洋槐场,蜂场几乎扎成了堆。七八里之内,先后有十来家蜂场前来报到。有些蜂场与蜂场之间的直线距离竟然不超过一百米。

我问刘大哥:"这么多家蜂场挤在一起,会有影响吗?"

刘大哥叹了口气:"肯定有影响!蜂场靠得太近,两家的蜜蜂容易打架和盗糖,而且还减少产量。但我们又能怎么办?徂徕山的洋槐树是国家森林资源,不是私人山林,驻扎在这里的蜂农,谁也没有驱逐同行的资格。大家的蜜蜂都采同一个蜜源,拼的是蜂群的素质。谁家的蜜蜂养得好,强壮,谁家打到的蜜就多。"

蜜蜂们打架与否,用什么手段抢蜜源,那是昆虫界的恩怨。附近的蜂农们碰了面,还是一团和气。男人们相互递根香烟,友好地交流彼此蜂场的收成。女人们即兴拉个家常,讨论一下究竟是化马湾集市的东西价廉物美,还是天宝镇集市的货色齐全。

以刘大哥家的蜂场为界,往左是化马湾方向,往右是去天宝镇。听刘大哥的语气,化马湾方向的蜂农中也有他的旧相识,已在徂徕山做了多年的邻居,只不过平日里大家各忙各的,没有要紧事情,都不主动联络。至于天宝方向的五户蜂农,因为和我们吃的是同一口井里的水——他们每天来王大爷家取水,必定要从我们帐篷前的盘山公路上通过,所以心理上似乎与他们更亲近一些。

离我们蜂场最近的一户蜂农夫妻来自浙江台州。这对台州夫妻比刘大哥家还要早来徂徕山两年。男主人姓朱,五十多岁,中等身材,瘦长脸,总是穿一件米色的夹克。晚饭后,常常背着手沿着马路慢慢散步,看到坐在帐篷门口的我们,温和一笑,并不言语。

他的妻子胖乎乎的,皮肤黝黑,面如满月,右额上凸着并排的两颗黄豆大小的黑痣。她的喉咙高,说话又快又脆,几个女人站在马路牙子上聊天,别人的声音通通给她压了下去。下雨天,我去她家串门,他们夫妻俩在做蜂王浆,女人钳浆虫,男人脑门上戴着头灯移浆虫。我问女人,给蜂农当妻子苦不苦。

她抬起头瞟了一眼丈夫，毫不犹豫地答道："苦！怎么不苦！"我故意逗她，既然这么苦，那你当初为什么要嫁给他。她嘎嘎一笑："蜂蜜是甜的呀！"

他们在东台弶港采油菜花蜜时，从当地村民家收养了两只同母所生的小奶狗。一只白底黑花，一只白底黄花，都用结实的尼龙绳拴在帐篷右边的角落里。也许性格使然，也许因为失去了自由，两只狗暴躁敏感。只要生人出现，它们便上蹿下跳，叫得声嘶力竭。那种不顾一切的狠劲儿真是令我又害怕又羡慕。

想想我的小安，地道的中华田园犬，月龄比它们大，却完全领悟不到"看家护院"的精髓。不管是谁，但凡走进了我们蜂场，都是它八辈子没相聚过的亲人，摇头摆尾，极尽谄媚，活脱脱的"舔狗"。当初带它出门，就是指望它能在蜂场做好安保工作。没想到，它非但没晋级为合格的"保安"，反而变异成了媚外的"内奸"。

刘大哥一直笑话我，说我养了一只"哑巴狗"。他放蜂几十年，自己养过狗，别家蜂场见过狗，从来没有哪只狗如我的小安这般懦弱呆傻。为了唤醒小安的血性，我不惜双手着地，圆睁双目，给它演示了几场标准的"犬吠"。它可倒好，无动于衷地朝我翻翻白眼，顾自跳进自己的窝里呼呼大睡。

刘大哥夫妻听到我的"汪汪"声，都表示满意，说音色绝不比藏獒逊色。若是夜里来了偷蜂箱的小偷，我躲在帐篷内代替小安发出警报,同样能震慑到贼人。

吃过午饭,我便牵着小安去近邻家偷师,期望他家两只小狗激烈的现场教学能感染它,促进它。可惜,那厢,两只小狗并肩作战,咬得上气不接下气。这厢,我的小安耳朵耷拉,夹着尾巴一个劲儿地往后躲。女主人哈哈大笑:"呦!你的狗害怕了。它的体型大,一只顶我们家两只,怎么还不敢还嘴?"

瞧瞧这事干的!真是既丢了狗脸,又丢了我的脸。

我们的第二位近邻是安徽人,五月一日刚刚从老家芜湖转场过来。他家的蜂场规模不大,仅九十箱蜜蜂。他的帐篷很旧,门框锈迹斑斑,粗粗一看,我还以为他已养了好多年的蜜蜂。与他攀谈过后才知道,他的蜜蜂是今年新买的,徂徕山也是今年第一次来。

虽然带着新买的蜜蜂首次来徂徕山洋槐场,但他也是老资格的蜂农了。他二十多岁跟着浙江金华人学习养蜂,手艺学成,自己干了十多年后外出打工。他没有详说为何放弃了老本行,也许没赚到期望中的钱,也许养蜂的生活太过平淡,也许是其他什么原因。他在别人的蜂场里做过几年帮工,到了眼下这个年纪,体力、视力渐渐衰退,人家就不愿意请他去干活了。他六十岁出头,不得不重拾旧业。蜜蜂的数量少,赶远途的花期划不来,他侧重走短线,计划着徂徕山的洋槐花结束了,冉回安徽采冬青蜜。

他的妻子短头发，穿一件红色外衣，绝大部分时间坐在帐篷外低头刷手机。我从他家帐篷边走了好几趟，始终没能见到她的庐山真面目。我问他，这么久都没养蜂了，妻子跟着他外出，能习惯吗？他两手插兜，满不在乎地说："夫妻俩在一起，只要有的吃，有的用，没什么不习惯。"

我们站在马路边闲聊时，他家的狗疯了似的对着我抖威风，要不是它脖子上拴着链子，估计都能把我撕碎好几回了。狗叫疲乏了，哼哼唧唧地退回它的小天地里。狗窝低矮逼仄，材质粗陋。不过，比起第一位近邻老朱家潦草的油布篷子，他的狗好歹住的是"独栋别墅"。

第三位近邻姓毛，刘大哥夫妻习惯喊他的小名"阿海"。阿海是"七〇后"，圆脸，个子不高，身板壮实，走路带风，开三轮摩托车像开飞机。这一片蜂农的帐篷不是古旧的木头门板，就是灰扑扑的铁皮房架子，唯阿海家的帐篷锃亮崭新，晃晕了路人的眼。阿海的不锈钢板房梁有款有型，窗户上蒙着细密的网眼布，闲杂虫等轻易进不去。屋里的水泥地平整干净，大小物品摆放得井井有条，颇有些正儿八经地扎根于此的架势。

阿海夫妻四十多岁，满身干劲，齐心协力地想把养蜂这一行干下去。长久打算，花费几千块置办全新的"房子"还是值得的。

阿海老婆是地道的山东大妞，长手，长脚，高个儿，眼睛大，鼻梁高，讲话中气十足。她的娘家在山东枣庄，和阿海结缘时是一家韩资企业的小主管。当时阿海正跟着一位李姓的蜂农老师傅搭伴养蜂。一个浙江蜂农，一个山东女工，按说不可能产生什么交集，但师傅老李认识阿海老婆的妈妈，他自江苏辗转到枣庄采枣花蜜，捎带当了一回月老，丈母娘一眼就相中了勤劳踏实的阿海。说来也巧，原先一直按部就班休假的韩资企业那年因业务繁忙，把阿海老婆的年假调到了五月份。天时，地利，人和，两个岁数相当的年轻人就这么被姻缘的红线牵到了一起。他们结婚二十年了，夫妻俩感情甚笃。用阿海老婆的话讲："什么重活都是他抢着干，什么事都是我说了算。"

给蜂农做妻子，有艰辛也有传奇。二〇〇八年，他们夫妻在黑龙江采椴树蜜，每一只蜜蜂箱里都盘着蛇。二〇一三年，他们去秦皇岛采荆条蜜，天气闷热，大大小小的蛇在路边爬来爬去。吃了晚饭，阿海老婆一步跨出帐篷，正好踩在一条大蛇的身上，吓得她呼天抢地，把脚上的拖鞋都踢飞了。

蜂农追花的三条固定线路中，阿海夫妻走的是东北线。他们家目前没有狗，但阿海老婆已盘算着要养一只了。她说，北方的山林里，有各种各样的蛇出没，有只狗睡在蜂场里，多少能帮着听点动静。

阿海家直走下去几十米，是第四位近邻老史家的蜂场。

老史家的帐篷上方是一棵茂盛婆娑的栗子树，远远望去，很有意境。老史夫妻是浙江余姚人。刘大哥夫妻来徂徕山，还是他们引的路。老史清瘦，寡言，我去他家的帐篷坐了三次，几乎没听到他出过声，鼻梁上架着一副老花眼镜，端端正正地坐在小马扎上，用一根竹签子一下一下地刮蜂王浆。老史的妻子和丈夫性格相反，爱笑，能说会道，却不会骑车。她给我讲二十年前去沈阳采荞麦蜜遇到狼群的事情。一群狼，六七只，她和老史生起火堆，一个劲儿地敲不锈钢脸盆儿：当，当，当……

他们采完了徂徕山的洋槐蜜，计划着转场去河北采荆条蜜。去年这个时候，他们家蜂场放在今年第二位安徽近邻的地方。十八日转了场，十九日夜里就有个疲劳驾驶的货车司机把车头拱进了他们帐篷的位置。想想真是头皮发麻！

老史死里逃生不止一回了。二〇〇三年，他们家去长白山采椴树蜜，他被一条不起眼的小蛇咬了脚背，一会儿工夫，腿便肿起来了。天黑加交通不便，他用一根细带子捆捆放放，尽量不让蛇毒往上走，第二天早上赶去医院治疗，一共打了七次针，躺了十天十夜没下床。

老史家养了一只白色短腿土串，叫声凌厉，有眼色。我还没完全进入老史家的地盘呢，尽心尽职的它早早发出了预警，起劲地"汪汪"，被老史的老婆劈面一顿斥责，它立刻识趣地住了嘴。

站在老史家帐篷前，不用踮脚，不用伸长脖子，就能看到第五家近邻蜂场的全貌。

第五家邻居姓谢，是个"单干户"。他有两个孩子，大女儿今年高考，老婆留在家里保驾护航，他一个人跑了出来。一百多箱蜜蜂，要做蜂王浆，要打蜜，白天干不完的活儿，晚上还是赶不及，只好托新丽姐在水峪村帮他找了个临时工，一天付人家一百块钱。

妻子没有随行，小谢的日子过得还是毫不含糊，衣着铺盖一点儿不邋遢，锅瓢碗灶擦拭得一尘不染。

小谢五十一岁，属老虎。从年龄上看，该叫"老谢"。许是他的个头小，这一片的蜂农都爱喊他小谢。小谢是安徽人，一九九七年开始养蜂，师父是他的父亲。他老家那边有大片紫云英蜜可采，他反而舍近求远，跑到徂徕山采洋槐蜜。他说紫云英打农药很厉害，蜜蜂去采蜜等于是拿它们的小命换，牺牲太大了，他实在舍不得。他对蜜蜂有感情，不是纯粹为了赚钱才出来放蜂的。他说，自己一旦有什么想不通的事情，看看小蜜蜂，和它们讲讲话——小蜜蜂听懂与否无所谓，反正他的心情就舒畅了。

他有一只放养的狗，很不耐脏的白卷毛，脖子上系着一只小铜铃铛。它一汪汪叫，铃铛就发出叮叮的轻响，像是在为它造势。

狗之外，小谢还养了一群鸡。鸡在洋槐树下跑来跑去，活泼又惬意。

再过十天半个月，洋槐花期就结束了，下一个采蜜的地点还没落实好。小谢说，他只去能雇到挑蜂箱工人的场地。挑蜂箱是个大工程，没有帮手，太累了！

王大爷

王大爷的小家在坡上,离我们蜂场约三百米。

出了蜂场左转,沿着马路直走下去一百多米,再往左拐上一条窄窄的沙土路。如果天气晴朗,往坡上走一小段,就能望见高高瘦瘦的王大爷正静静地坐在(或站在)屋外的一棵楝树下。

王大爷的房子四周都是郁郁葱葱的大树,除去那些我叫不出名字的,能挂果或能吃的是一批:栗子树、香椿树、梨树、柿子树、樱桃树、核桃树、杏子树、山楂树、花椒树。不结果子净看花儿的又是一批:梧桐树、丁香树、木槿树、紫槐、馍馍花树——王大爷的山东话我只能听懂一半,他连说带比画,我也没弄清"馍馍花树"的学名是什么,只知道它会在春天开漂亮的大白花。据王大爷介绍,当年他和老伴从水峪村挪来这儿安家,屋外光不溜秋的,他不管跑到哪儿,瞅见喜欢的小树苗就挖回家,东一棵西一棵地栽好。二十多年下来,树成材了,人也老了。

"当年"是一九九一年。王大爷小屋外的一块石头上有他刻下的初到此地的年份和老两口的名字。

王大爷的名字叫王兴沧，大娘的名字叫严振法。王大爷说，老伴儿在娘家连个大名儿都没有，嫁了他之后，村上一位有文化的先生给取了这么个正式的名字。

严大娘比王大爷年长四岁。他们成亲的那年，王大爷十五岁，大娘十九岁。成亲前，双方没见过面，典型的"父母之命，媒妁之言"。老伴的长相也是他掀开红盖头的那一刻才看清的。

我很惊讶："高矮胖瘦都不清楚，也敢成亲吗？万一是麻子呢，疤眼呢，怎么办？"

王大爷两手一摊："不怎么办——俊也好，丑也好，认了呗！"

我故意逗他："大娘俊不俊？"

他的嘴角上扬，两只眼睛眯成了一道缝儿："俊！"

大娘二〇二二年因病去世。他们夫妻携手了七十年，相敬如宾，从未红过脸。王大爷十二岁跟着本家大伯学木匠，婚后靠着木匠手艺养活了全家。家里的事归大娘管，家外的事归他管。他赚来的工钱通通交给大娘，她怎么盘算，怎么开销，他一概不问。哪天没木匠活儿了，他就去集市上帮人磨剪子、磨刀。大娘惦念的东西，他双份地买回来称她的心。

这个山东大汉勤劳、细腻、慷慨，身为丈夫的他得到了妻子的全情对待。到了眼下这个年龄,儿孙们也都很愿意亲近他。他的小房子里天天有人报到:儿子儿媳妇、孙子孙女、外孙外孙女。今天这个送来了瓜果蔬菜,明天那个提来了牛奶鸡蛋,旧的没吃完,新的又来了。

王大爷只有一件时常遗憾的事:没有文化。年幼时,日本人侵华,上不成学堂。日本人跑了,国民党又来了。年龄稍大了些,要帮衬家里,也没有读书的机会。二十岁左右,生产队办了夜校扫盲班,他吃完晚饭就去学习两个小时,他认识的那些字就是夜校老师教的。

尽管没正式上过学,识字也不多,但王大爷的行事却自有格局。二三十年前,蜂场边的盘山公路远没有眼下这么好的路况,事故频发,他一人就救过好几条性命。其中一个是当地的司机,二十多岁,酒后开车翻到山坡下,上半身被车子压得死死的,两只眼珠子都凸出来了,眼看就要命丧当场。没有援手,也没有工具,王大爷选准角度徒手挖了个大坑,把人从车底下拖了出来。后来司机的父母拎着礼物登门道谢,想让大难不死的儿子拜王大爷为"干爹",将王大爷夫妻当作再生父母孝顺。王大爷没接受,他说:"救人是做善事,我自己有儿有女,还抢人家的儿子干啥?"

王大爷有三个儿子和四个女儿。孩子们不算富贵,但日子过得平稳安乐。唯有长女嫁到三千多里外的牡丹江。他心里不舍得,却不忍阻止,又两手一摊:"嘻,近路远路,只要她的日子过得好就行了!"

他这一辈子打过交道的远路人真不少,跑车的,做生意的,养蜂的,见了人家落在难中,他都尽力拉一把。

二〇〇五年,一位在徂徕山打蜜好几年的河南蜂农养蜂失误,亏得连回家的路费也凑不出来。王大爷二话不说,借了一千块钱给他当盘缠。蜂农临别时留下地址,许诺一回到家乡就把还款汇来。结果,人走了后,非但借去的钱没如期到位,人也不再来徂徕山放蜂了。二〇一〇年,王大爷按那个蜂农留下的信息去了河南一趟,在那人的家里住了三天,只字未提讨债,便打道回府了。

十八年前的一千块,搁眼下少说也抵五六千,就这么算了。

王大爷借出去的一千块钱是怎么攒起来的呢?他从山上扛枯死的树木下来当柴火卖,一斤树木,六分钱。

我不甘心地问:"就这么白白送掉啦?"

"那可不!"王大爷爽朗一笑,又说,"他拿了这一千块钱,他也好不了。我缺了这一千块钱,我也孬不了。"

"不孬"是王大爷的口头禅,三句话不离。"徂徕山不孬","洋槐花不孬","老刘不孬","小郭(指新丽姐)不孬","你(指我)不孬","浙江人不孬"……

二〇〇八年四月,刘大哥夫妻在同乡的引领下首次来到徂徕山，蜂场安置在王大爷家附近的洋槐林里，每天用水都是去王大爷家门口的泉眼里取。泉眼很小，蓄满一桶水要很长时间。阴雨天，尚能勉强满足两家人的需求；若是天气干旱，泉眼很快就会干涸，不得不去更远的山林里寻找新的。这样巴巴结结的状况持续到二〇一一年五月份，王大爷和刘大哥商量，想在自家门口打一口深水井。有了井，就拥有了固定水源，不管是居家过日子的他们，还是候鸟一样转场来徂徕山打蜜的蜂农们，从此喝水都能轻轻松松。刘大哥率先响应，拿出五百块钱塞给了老朋友，又到相邻的浙江蜂农中一家一家地拜访，号召或多或少地资助一份心意。刘大哥把筹集到的钱交给王大爷，就转场去了辽宁。来年春天，当他带着蜜蜂如期来到槐花飘香的徂徕山下，一眼便望见了王大爷家门外的那口方方正正的水井。

十多年来，这口水井给路过徂徕山的各地蜂农们提供了莫大的便利。我们驻地附近，在王大爷家井里取水的蜂农就至少有六七户，有浙江的，有江西的，也有安徽的。

我问王大爷："你借钱给外来的蜂农，人家都赖账了，你怎么还乐意和四面八方的蜂农打交道？"

大爷想也没想，回我道："这天底下那么多的人，不可能个个一样吧。有孬的，也有不孬的呀！"

有人上了坡，隔着五六十米，王大爷养的那只大花狗就汪汪地嚷嚷。听到了动静的王大爷马上乐呵呵地站起身，拉出引水管，按下水泵的电源开关。

别看大花狗威风凛凛，其实它是被上一任蜂农主人抛弃的小可怜。好心的王大爷不忍它沦为流浪狗，给了它一个家。

王大爷把大花狗当猪养着。他每天在院外拔蒲公英、车前草、马绳菜之类清热解毒的野菜——他家四周多的是这些野菜。切碎，架在炉子上煮熟，再拌上白面或玉米粉，给大花狗做狗食。做这件事，王大爷耐心十足，不厌其烦。

大花狗早一盆，晚一盆，吃得精精神神的。王大爷听闻我的小安没有香肠拌饭就闹情绪，在东台生病差点死翘翘，打针输液后几乎瞎了，他的头摇得像拨浪鼓，直说我养狗的方法不行。

我说："你的大花狗天天吃草，营养肯定跟不上。"

王大爷不以为然："啥营养不营养的，你的狗吃有营养的东西，生病了。我的狗顿顿吃草，毛色清清爽爽，可从来不生病。"

"嗯……"貌似他老人家讲的也没错。

所以，我的小安近期也跟着王大爷家的大花狗吃草。王大爷的意思是，"百草解百毒"，不管小安是误食了毒饵，还是兽医用药遗留的毒副作用，吃点草洗洗肠胃，对它总没坏处。

还别说，吃了一个多星期王大爷独家配制的"青草大餐"，小安的眼睛没有刚来徂徕山时那么浑浊了。

前一天下午，王大爷溜达到坡下来，我牵着小安走过去陪他坐了一会儿。他伸出手指故意在小安眼前晃动了几下,小安下意识地往后一仰,连连眨眼。老人家高兴地说:"它有光影了,能看见呢。嗯,不孬!不孬!"

日常和赶集

在东台时,菜花蜜由当地的蜂蜜商一次性包圆了,尽管收购价低了不少,但胜在量大。刘大哥夫妻一吃完午饭就去打蜜,忙到傍晚,最多的一次打了近九百斤。到了徂徕山的洋槐场,零售生意居多,有买主前来,要多少摇多少,除非预订,否则再不用像在东台那样紧赶慢赶了。

某些午后,没有顾客上门,刘大哥夫妻就一左一右地坐在帐篷外,吃着小零食,漫不经心地讲讲话。那样的恬静闲适是令我惊讶的,总忍不住要追问一下:"咦,你们怎么不去干活?"

他们对视一眼,笑而不语。

有几次,我从午睡中醒来,信步走进他们的帐篷里,看到他们和衣斜躺在床上,头挨着头,腿挨着腿,睡得无比香甜。我轻轻推推新丽姐,她猛地一惊,下意识地扭头朝身侧的刘大哥望去。

她习惯于他在她的视线里,就像他习惯于她在他的决定里。

刘大哥差我开摩托车带他去水峪村老朋友的蜂场,想买几箱蜜蜂。他在那里观察了一会儿,又差我带他返回了。我问他为什么不出手,他说,让你小郭姐姐也来看看。

论养蜂资历,刘大哥养了三四十年了,新丽姐才十多年,还是他的徒弟。然而不单单是买几箱蜜蜂,蜂场里的大小事务,每一桩都是他们联手操办。

给蜂群除螨的晚上,四下静悄悄的,幽暗的蜂场里两盏不停晃动的头灯,一会儿分散,一会儿交汇。

刚刚认识刘大哥夫妻时,我还很拘谨,处处小心翼翼。和他们在东台相处了一个油菜花期,我就完全放松了。这是两个质朴实在的人。七十五岁的刘大哥沉稳,五十岁的新丽姐活泼。也许,把"爱情"这两个字用在心上长满老茧的成年人身上显得太文艺,太不合时宜了,可如果他们落在我眼中的日常都不算爱情的话,这世上所谓爱情又该是何种模样呢?

我和新丽姐去赶集,她最先买的都是刘大哥喜欢吃的东西。她清楚刘大哥的口味,知道什么样的菜才能抚慰他的胃袋。吃饭时,她不停地往他的碗里夹菜,让他"吃得胖一点"。临睡前,她为刘大哥舀好热乎乎的洗脚水。而无论新丽姐做什么,都值得刘大哥称道——我在砧板上切肉,刘大哥会小声地念叨一句:"你小郭姐姐烧的糖醋肉可美味了。"我在饭桌上无意间提到了我妈做的手工面条,他又情不自禁地夸上了:"你小郭姐姐擀的面条很地道。"我说自己这一路走来总能遇到真诚善良的贵人，他略显嗫嚅地告诉我："你小郭姐姐人也很好。"

我从来没听到他喊新丽姐的名字，一律是公式化的"小郭"。

新丽姐哧哧地笑着解释："他说他叫不出我的名字。"

我们活在这个世上，轻飘飘地喊过不知多少人的名字。是不是总有一个名字，我们宁愿捂在深深的心底，像含着一块糖，无数次地反刍？

外出一个多月，刘大哥的头发长了，理发店在十来里外的集市上，他懒得前往。新丽姐去王大爷家借来了推子，搬了张小矮凳放在蜂场一角，让脖子上系着围裙的刘大哥坐下，亲自为刘大哥理起了发。

离家千里的徂徕山，川流不息的大马路，纷纷扬扬的洋槐花瓣，嘤嘤嗡嗡的蜂群。当全神贯注的新丽姐与安静温和的刘大哥，将这一切串联在一起时，简洁明净的画面里，赫然浮现出了整个人世的悠远无尽。

我们隔壁蜂场是一对台州夫妻，男人清瘦，沉静寡言。女人胖乎乎，讲话又脆又快。只要不下雨，这两个人每天晚饭后总要散散步。先是男人出现在马路牙子上，背着手，不声不响地踱着方步。要等好一会儿，女人才趿拉着拖鞋，甩打着胳膊，啪嗒啪嗒地朝着男人身影消失的方向赶过去。

前天傍晚，隔壁蜂场的夫妻又是一前一后地走过，素来寡言的刘大哥忽然开口了："好奇怪哦！我观察多次了，这两个人散步都是各顾各，从来没有一起出发的时候。"

新丽姐说："这有什么奇怪的。女人心细嘛，生怕小贼来偷东西，所以让男人先出门，造成一种家里还有人守着的假象呗。"

我觉得新丽姐的解释不太合理，隔壁家养了两只特别尽忠职守的小狗，一有风吹草动，它们立马咬出天大的动静。即便主人不在，估计也没有哪个小贼胆敢靠近他们的蜂场。

刘大哥笃定地说："连散步都要分开的夫妻，感情一定不好！"

几十分钟后，隔壁夫妻慢吞吞地回转了。见我们都坐在帐篷前无所事事，女人停下脚步，和新丽姐拉起了闲话。我趁机问她："姐姐，这几天哪里能赶集？"

"天宝！"女人想也没想，脱口而出，"天宝和化马湾的集相差一天。今天是化马湾，明天就是天宝。"

我说："姐姐，你怎么知道得这么清楚呀！"

"那当然！"女人乐滋滋地瞟了自己的丈夫一眼，大声说道，"我们俩可是每个集都要去赶一赶、逛一逛的啦！"

他们离开后，我悄悄对新丽姐嘀咕："刘大哥还说人家感情不好，依我看，不恩爱的夫妻才不会一起去赶集呢。"

"赶集"是个颇具地方特色的词语。我娘家江苏如皋和我定居了十九年的浙东小镇都没有赶集一说，只有语气平淡的"上街"。上街没有规定，只要在商店正常的营业时间去就行了。赶集却不是随时随地的事情，它有固定的日期和地点。

化马湾乡在我们蜂场北边约五公里处，天宝镇则在路途稍微远一些的南边。化马湾的集逢四逢九，五天一次。也就是说，每月的农历初四、初九、十四、十九、二十四、二十九是雷打不动的赶集日。天宝的集押后一天，为初五、初十、十五、二十、二十五、三十。

非赶集日，集市那一片空空荡荡，像被大水冲过一样干净。到了赶集日早上，集市上排列着五颜六色的货品，吃的、穿的、用的、玩的，一应俱全。小贩和顾客扎了堆，人多得像刚刨出来的新土豆，遍地都是。

我随刘大哥夫妻自抵达徂徕山至今，也有二十多天了，拢共赶了五次集，三次化马湾集，两次天宝集。化马湾的集有点杂乱，蔬菜、水果、肉、鱼、干货、大饼、豆制品……随机摆放，毫无规律。相比较而言，天宝集的面积有化马湾集的两倍大，品种齐全，摊位摆放得更规范，类似于南方标准的室内菜市场，划分出蔬菜区、水果区、鲜肉区、淡水鱼区、活禽区、小百货区。顾客想买什么，一目了然，不需要像化马湾集那样伸头缩脑地寻找。

但去天宝集的弊端是路况差。盘山公路布条般狭窄，左冲右突不说，几十吨的重型货车源源不断地上上下下。离我们蜂场三四里处有一个接近直角的大拐弯，翻车事故频发，年年都有司机丧命于此。我和新丽姐第一次去天宝集，尚没察觉到那地方的异常。第二趟再去，隔着老远就闻到了令人作呕的腥臭。骑到近前，一地糟烂的灰白色物触目惊心——失事的货车里大概满载着肉鱼一类的生鲜，这几日山东气温飙高至三十五摄氏度，掉落的生鲜没及时处理干净，腐败变质，加上过往车辆一遍遍地碾压，自然惨不忍睹。新丽姐告诉我，他们家去年在徂徕山的时候，大拐弯这儿侧翻的是一辆油罐车，大量的汽油顺着山坡往下流淌，把森林消防都惊动了。

去年我没有成功跟随刘大哥夫妻出行，新丽姐请老东家王大爷看管蜂场，她和刘大哥一起去赶集。今年多出了一个我，刘大哥自动让位，由我充当新丽姐的司机。计算着赶集日子的我，就像期待吃糖的小孩子。

不光是我们，我们的近邻——水峪村这一片十多家蜂场——除了两个没有老婆在身边的单干户，一到约定俗成的赶集日，大家都倾巢出动，兴致勃勃。天高地广，在异乡努力奔忙的蜂农往往离群索居，"赶一赶、逛一逛"的短暂欢乐，给一成不变的生活注入了难得的乐趣。

蜂农的追花之旅听起来浪漫，说出来却是围着方寸之地打转。我们在山东的驻地离著名的泰山风景区只有六七十里路，可刘大哥夫妻往返徂徕山十六年,每天困囿于蜂场的事务,做蜂王浆、摇蜜、除螨,从来没去"一览众山小"。

我倒是比他们闲散,烧煮洗涮之余尚余大把的时间,但一个人骑着摩托车四处乱窜并不为我所好。我是个趣味低级、注重自己的胃袋胜于脑袋的人,每到一处,最关心的总是当地的菜市场,最想品尝的,唯有本土特色的小吃。而这两点,赶一次山东的大集就能完美兼顾了。

在熙熙攘攘的集市上,我听过各种抑扬顿挫的吆喝,见识了很多没见过的东西,吃过酥松的火烧、多种馅料的蒸包子、葱香扑鼻的油饼、刚出锅的萝卜丸子,还有比锅盖大的煎饼、热乎乎的胡辣汤、色泽诱人的油条、肥而不腻的卤猪蹄、白菜猪肉馅的水饺……总能让我觉得漂泊辗转的日子还是值得的。

我和新丽姐去赶天宝集,她在前面采购,我一只手拿着土豆包子,一只手拎着蛇皮袋子。装着瓜果蔬菜的蛇皮袋子实在太沉了,我干脆一把甩上了肩头。新丽姐扭头看看我,一脸的恨铁不成钢:"啊呀!陈慧,你让我说你什么好呢?还作家呢——嘻!"

在这样的日子里,谁还在乎什么作家不作家的呢?既然诗一样的远方只存在于时空之外,穷尽一生也无法抵达,还不如收回目光,一头扎进这实实在在的、滋味绵长的集市里呢!

老 秋

老秋是山东泰安的本地蜂农，瘦长脸，大高个，走路腰杆笔直，说话铿锵有力。

还没见到老秋本人时，我就从刘大哥口中听到过他的大名。在很长的时间里，老秋仗着自己是本地人，和不少踏足水峪村的外地蜂农发生过冲突。他的理由是：洋槐花长在水峪村的地盘上，本地蜂农拥有优先权，外地蜂农就得靠边站。

二三十年前，洋槐花刚刚露白，老秋夫妻俩天不亮就堵在进山的路口，拦截满载着蜂箱的货车。一些老实怕事的外地蜂农还真让气势汹汹的他们唬掉头了。另一些不受糊弄、强行进驻的外地蜂农，老秋夫妻也没少和人家扯皮，轻则去人家蜂场里叫嚣吵嚷，重则推推搡搡，踢翻人家的蜂箱，反正就是要搞得外地蜂农心神不宁，下一年不敢再来。

蜂农外出追赶花期，吃的是"四方饭"。本着"强龙不压地头蛇"的古训，外地蜂农能忍则忍，尽量不和他正面冲突。为了牢牢守住水峪村这一片的蜜源，老秋东奔西走。他赶跑了外地蜂农，转头再邀请相熟的蜂农朋友来徂徕山安营扎寨，企图结成更有力的"联盟"。可惜，他在水峪村的人缘不好，村民们大多不买他的账，知晓了来放蜂的是老秋的朋友，找出各种理由推托，就是不把自家的地借出去。

老秋的人缘差是有原因的。早前日子穷，普通老百姓手头窘迫，一年到头连糖都吃不上。作为水峪村唯一的蜂农，老秋家的蜂蜜自然而然被乡邻们惦记上了，尤其是不谙世事的小孩子，馋得口水滴答，做梦都想喝一碗香甜的蜜水。有些人宠爱孩子，揣着碗往老秋家跑，明着是去串门，暗地里是找机会要蜂蜜。他们想得简单：蜜蜂采的是山花嘛，又下不了什么成本，乡里乡亲的，老秋多少得舀点。他一年到头打那么多的蜂蜜，难不成差了孩子吃的这一碗半碗吗？

对于村人们的小算盘，老秋嗤之以鼻。他辛辛苦苦地养蜜蜂，可不是为了做大善人。再说了，今天这个来要一点，明天那个来要一点，只要开了头，往后便没完没了了。索性一个不给！

光从要蜂蜜一事上看，评判老秋人品不行，是牵强的。但在处处讲人情味的农村，这样不懂变通，直来直去地拒绝，很容易就给自己招来"吝啬"的名声。大家都觉得老秋抠门儿，眼睛长在额头上，不愿意多和他有什么交集。

再往后，徂徕山的洋槐花声名远播，来水峪村附近打洋槐蜜的外地蜂农逐渐多了起来，老秋势单力薄，无论怎么上蹿下跳，也搅不出多大的水花了。

相比于老秋的不得人心，辗转来到此处的外地蜂农显得大方多了。他们借地谋生，力求太平。只要村民不过分，谁去蜂场少量讨点蜜，他们都予以满足。如此一来，村民们不出意外地倒向了外地蜂农。

有一年，一个江西籍年轻蜂农拉来一百多箱蜜蜂，帐篷还没完全搭好，老秋便张牙舞爪地闯到蜂场来宣示主权。年富力强的江西蜂农可不惯着他，一言不合上了手。你来我往，老秋和江西蜂农的脸上都挂了彩。东家生怕闹出人命，赶紧报警。等警察到了现场，详细问询了情况，又走访了目击证人，结果不出意外地一边倒——没人向着老秋。警察以"欺行霸市"的罪名对老秋严厉地批评教育，并做出警告：如果再寻衅滋事，就要处以罚款或拘留。

打那以后，老秋收敛多了。二〇〇八年，刘大哥夫妻来徂徕山时，他虽然也试图驱逐，终究没敢太大张旗鼓。他先找了刘大哥的东家协商，想叫东家收回驻地。东家不买他的账。

他转头又去和刘大哥谈判。刘大哥给他递了烟，客客气气地说："老秋，在徂徕山，你算地主，还能勉强横一横。到了外地，你一样要八面玲珑。咱们是同行，尝过其中辛酸，更应该相互体谅。法治社会，不靠拳头闯天下。你愿意，大家交个朋友。你不认同，就请公家出面来评判是非。我不爱惹事，但也不怕事。你有什么招儿，我奉陪到底！"

眼见占不到上风的老秋悻悻离场。

刘大哥来徂徕山打洋槐蜜的第一年，在水峪村范围内的每一户蜂农都要向村里缴纳一百元。一百元不是个大数目，得到集体的认可，还能省去不必要的麻烦，外地蜂农们都爽爽快快地给了。倒是老秋，依仗着自己土生土长，非但不掏钱，还和负责收费的人闹得水火不容。知悉了内情的刘大哥主动出面去做他的工作，二人促膝交谈一番，老秋不但乖乖交了钱，还把一度被他视为眼中钉的刘大哥当成了朋友。

能成为朋友的人往往都有相似之处。刘大哥教过书，苦于薪资微薄难以养家，三十多岁时改行养蜂。老秋呢？手持教鞭，在三尺讲台上讲了多年的课，因为违反计划生育——他家有三个女儿，为了延续香火又偷偷生了个儿子——被开除了公职，丢了铁饭碗。他也是三十多岁时养蜂，靠着几本书自学成才。规模最大时，老秋的蜂场里有两百来箱中蜂，做蜂王浆，打蜜，老秋夫妻加上儿子，三个人每天忙得脚不点地。

老秋的儿子不是读书的料，初中没毕业就辍学了，一年中有大半年跟着父母奔波在外放蜂。他个子不高，长相一般，人很勤快，早早晚晚只是埋头干活，极少开口，性格沉闷得近似木讷。再加上蜂农大多过的是离群索居的生活，社交圈子狭窄，他很晚才结的婚,妻子是云南人,年龄比他小一轮。

老秋的儿媳妇身世坎坷,母亲早逝,后妈对她非打即骂,父亲明明知情,却不敢为女儿出头。老秋一家去云南放蜂,驻地正好在小姑娘家村外的地里。瘦弱的小姑娘天天挎着个篮子去打猪草,一来二去,就和老秋夫妻熟识了。老秋有心计,悄悄授意老婆留小姑娘在帐篷里吃饭,还给小姑娘买了新衣新鞋。天真的小姑娘果然心动了!老秋夫妻找了当地的一名蜂蜜收购商保媒,给了小姑娘的后妈几万块钱,把小姑娘和自己儿子撮合在了一起。

儿子组建了小家庭,很快给老秋添了个小孙女。转眼间,小孙女满地跑了。老秋夫妻一合计,把蜂场劈成两份。三分之二的蜂箱归到儿子和儿媳名下,由他们自立门户;余下的,老两口留着。徂徕山一年四季山花不断,他们上了年纪,不愿再风餐露宿了,守在水峪村不挪窝,小规模地养养蜂不成问题。

老秋的儿子和儿媳在外养了几年蜂,收入平平,还生了个二胎儿子。二〇二一年夏天,夫妻俩在辽宁林场里采椴树蜜,遭遇了泥石流,人是侥幸避开了危险,但蜂场的家当通通冲没了。他们两手空空地回到家,一时半刻也想不出别的出路。东山再起,至少要四五万块钱。小两口合计了一下,还不如去打工呢,虽然出点苦力,却是无本的买卖。没想到,钱还没挣到多少,老秋的儿媳妇背着丈夫,跟同厂的一个男工友私奔了。

世上没有不透风的墙。儿媳妇抛夫弃子这件事传回水峪村，老秋一家又沦为村人茶余饭后的谈资。儿子在外地打工，不知道是真的忙，还是有心回避，一年到头不见人影。老伴身体不好，家里大事小事都担在老秋肩膀上，种地，打理果木，照顾读初中的大孙女，张罗着接送读三年级的小孙子。老秋放在村外自留地边的四五十箱蜜蜂养得有一搭没一搭。忙不过来是一回事，做蜂王浆要有好视力，他的眼睛实在看不见移虫了。

前一段日子，有个来徂徕山放蜂的外地蜂农去老秋的蜂场转悠了半天，提出了向老秋购买蜜蜂的意向。

老秋的蜜蜂侍弄得不错，外地蜂农很满意，说只要老秋肯出手，价格好商量。

那人走之前，塞给老秋一张写着电话号码的字条。老秋捏着那张薄薄的小纸条，站在蜂箱边发了好半天的愣。

卖——还是不卖呢？

养了大半辈子的蜜蜂，卖了，心里空落落的；若是不卖，自己还能拢在手上多久呢？毕竟七十多岁了，岁月不饶人。

第三站

我们的几位近邻,率先转场的是来得最晚的那个安徽芜湖人。他首次来山东泰安,没料到徂徕山脚下的蜂农扎了堆。他的蜜蜂数量少,养得也不如人家精壮,整个洋槐花期的产值都算上,估计也没凑齐来去的路费。他走的那天早上来我们蜂场里道别,各种发牢骚,各种撂狠话,唾沫四溅地说"一辈子也不来这种鬼地方了"。

第二个转场的是老史家。他家去河北秦皇岛,蜂箱钉好了,东西打了包,货站却没配到车子。第二天,车子约上了,但误了点,左等右等不现身。老史很不乐意,又没走成。直到第三天下午,他们才顺利启程了。

第三个转场的是小谢。他去山东威海,据说赶了那边的洋槐花期后依旧退回徂徕山采荆条蜜。他妻子在老家安徽照看两个孩子,他一个人养一百多箱蜜蜂,也不愿意去更远的北方。

我们的近邻老朱家排在第四,去河北保定,夫妻俩吃过午饭后开始装"空件"(蜂农把生活物资统称为"空件")。五月十七日,泰安的最高温度达到三十三摄氏度。空件装毕,打着赤膊的老朱去王大爷家挑水,从我们驻地前路过,笑眯眯地打了声招呼。下午三点左右,我和新丽姐去天宝后寺村吃樱桃,经过老朱家蜂场时,帐篷位置已空空如也。老朱两口子席地而坐,他家的两只恶霸小狗失去了掩体,一反常态地老实,蔫巴巴地趴着。晚上八点,天完全黑了,装载着老朱一家物品的货车轰隆隆地开走了。刘大哥感叹着说,老朱真会掌握时机,他家的蜜蜂保准全回箱了,一只都没丢下!

我们转场的日子是五月二十日。

关于第三站的走向,刘大哥和新丽姐一周前就在四处打电话咨询同行和老熟人了。最后确定好了主方向:大连。

我们即将抵达的是大连瓦房店市李店镇吴店村。我对这个陌地的向往,源自新丽姐的两个允诺:第一个,"陈慧,到了瓦房店,我带你去泡个舒舒服服的澡"。第二个,"陈慧,到了吴店村,我们就能睡安稳觉了"。

讲起来真是难为情,自四月八日从慈溪出来至今,我还没有正儿八经地洗过一次澡。在家时,开关一拧,热水哗哗地流出来,想洗多久洗多久,别提多惬意了。住在帐篷里,大半脸盆的热水,六十公斤的人,非得合理安排,否则刚洗了个脖子,胳膊还干着呢,盆里的水已经见了底。洗澡被精简成了擦澡。

而且擦澡的速度和力度很有讲究，一定要有秋风扫落叶般的利落干脆。所以，每次擦澡我都严格执行新丽姐传授的二字真言：轻，快！因为稍微磨蹭几分钟，身上的泥垢泡软乎了，就会产生拖水带泥的视觉震撼，令人无法正视。想想瓦房店宽敞的浴室，注满热水的大池子，整个人泡得透透的，再搓个背，洗去江苏、山东两省的尘土，岂不美哉！

再说睡觉。在徂徕山脚下逗留了二十六天，我没拥有过一次完整的睡眠。我们的蜂场紧挨着S237省道，这是一条狭窄曲折、事故频出的盘山公路。不知道是不是为了避开几里外的化马湾收费站，涌来这条公路的全是各种型号的货车。轻中型货车在源源不断的车流中只能算小虾米，几十吨甚至上百吨的重型、超重型货车比比皆是。

我们蜂场这一段路，从北边过来是上坡，载重的货车轧过马路，有的发出打雷一样轰轰隆隆的闷响，有的像吃撑了的母猪那样吭哧吭哧。从南边过来的是下坡，货车一骑绝尘，放荡不羁，快得堪比脱缰的野马。

刘大哥夫妻的帐篷门正对东方，与公路呈一个"T"字形，直线距离不超过三米。我的帐篷前门朝北，后端比刘大哥夫妻的帐篷更贴近公路。简易木板床紧贴着后门横放，我头东脚西地睡着，有货车自北边上来，我就像摊在电动筛子上的豆子，不停地振动。而货车从南边极速冲下来形成的强气流好比十级台风掠过，房架子吱吱呀呀，帐篷布噼里啪啦。我躺在床上，如同躺在失控的过山车里，心脏一会儿缩成一团，一会儿吊到嗓子眼。纵然竭尽全力平复心绪，却怎么也没办法潜入梦里。

白天，我站在帐篷与公路之间越瞧越后怕：那些疾驰在夜色中的货车离我如此之近！从天黑到天明，路基频繁震颤，又有多少只巨大的车轮擦着我的头皮滑过？

心惊肉跳地熬了几夜，我把枕头搬到床西头。但换汤不换药的改变，对于破碎的睡眠毫无帮助。震动依旧，担忧依旧。有天夜里十二点，我实在忍无可忍了，愤而起身，拆掉床板，将床挪向了帐篷内侧，床尾顶在南边的窗户下。这样一来，我总算离公路又远了宝贵的一米多。

有不少朋友见到我分享的蜂场图片，都觉得帐篷位置太危险，好意提醒我"注意安全"。怎么注意呢？一个办法：双手合十，虔诚地求老天保佑路过蜂场边的货车驾驶员别打瞌睡，握紧方向盘！

好在过了五月十九日，我们就从这个"没法睡觉"的马路边转向僻静的地方啦。从山东泰安到辽宁大连瓦房店，一千多公里的路程，二十日傍晚出发，二十一日中午抵达。

早上五点多，我正在帐篷里打包行李，新丽姐一起床就走到小安的窝前，温柔地说了一句："小安，我们今天搬家哦！"

我愣了一下，笑了："姐，你知会它干啥呀，一只狗懂什么搬家不搬家呢。"

新丽姐说:"狗有灵性。和它说一声,下午我们拆帐篷,它就不慌乱了。"

司机和牙签

转场大连瓦房店的前一天,新丽姐对刘大哥说:"明天让老刘多请一个挑蜂的人,你别操心,多动嘴,少用手,保存体力。到了瓦房店,可就是咱们自己的任务了。"

老刘是水峪村的会计,也是刘大哥夫妻多年的老熟人。刘大哥在化马湾放蜂多年,老刘帮了不少忙。东台的油菜花期快结束时,刘大哥打电话给老刘,告诉他今年蜂场多了个人,要加搭一只五米长的帐篷,委托他想办法扩大一下驻地。四月二十四日凌晨,我们抵达了徂徕山脚下,果然看到驻地四周新挖的痕迹——老刘叫了挖土机,把斜坡上挖下来的土填在了低洼处,又把茂盛杂乱的野草全划拉了一遍。不但供我搭帐篷的地盘绰绰有余,而且咬人的"草爬子(蜱虫)"也少了。刘大哥很高兴,直夸老刘靠谱。

那天早上,来挑蜂箱的人是老刘和他弟弟刘齐。一百二十箱蜜蜂,老刘兄弟俩往车下挑,刘大哥负责摆放整齐,没费什么劲儿就完工了。

蜂农转场,最艰巨的任务就是挑蜂箱。一块长长的、颤颤悠悠的木头跳板斜搭在高高的货车车厢尾端,一根扁担的两头各自挂着一只四十公斤左右的蜂箱。既要力量,也要胆量。从四月八日起,我追随刘大哥夫妻转了三次场。除了第一次在慈溪下舍是刘大哥的几个蜂农朋友自发来帮忙,后面几次都请了帮手。在江苏和山东两处,只要付出相应的工资,就能在当地雇到挑蜂箱的师傅。但到了瓦房店,即使蜂农愿意出钱,也请不到肯出力的短工。

请不到人,就只有刘大哥两口子亲自上阵。所以这次泰安的转场,新丽姐执意请了三个人。刘齐和另一个工人挑蜂箱,由刘大哥指挥老刘在车厢内接应。本以为这样的安排更有利于刘大哥保存体力,结果搞到最后,刘大哥还是最晚吃饭的那个。

五月二十日上午,天气预报显示午后有雷阵雨。中午十一点,刘大哥打电话给老刘,让他早点带人过来,赶在下雨前装好空件。一旦大雨落下,在外工作的蜜蜂们会马上返回箱中,那就顺势挑好蜂箱,冒雨出发。

北方的气候特点是温差大,早晚凉爽,中午燥热。一千二百公里,十七个小时的车程,午后出发与晚间出发相差的几个小时,决定了往下卸蜜蜂的难度。若是在明晃晃的大太阳下,蜜蜂异常烦躁,再加上挑蜂箱的人满身大汗,找不到水源的蜜蜂们会循着气味攻击挑蜂箱的人。如果到了新驻地，气温还未上升的话，蜜蜂们安分，卸车的人也少遭点罪。可惜山东的天气变幻莫测，空件全装妥当了，预报中的雷雨却消失在九霄云外。

时机不到，蜜蜂们不回家。我们几个人只能待在空荡荡的驻地上干耗着，打瞌睡的打瞌睡，讲话的讲话，逗狗的逗狗。

五点半后，蜜蜂们陆陆续续地飞回了箱中。六点二十分，装车结束。新丽姐在附近的一家小馆子里订好了晚餐，打算让司机把货车直接开过去，一吃好饭就走。

七点半，满载的货车正式出发。我坐副驾，刘大哥夫妻窝在后排窄窄的单人铺位上，腿都伸不直。新丽姐舍不得刘大哥熬眼睛，尽量缩在角落，腾出了最大的面积让刘大哥躺下休息。

沉沉的黑夜中，蜜蜂像人一样休憩，货车即便多停几次都没什么问题。太阳出来了，货车只要停下不动，受不住闷热的蜜蜂们立刻要飞个满天开花。刘大哥的想法是，司机累了，尽量在夜里找个服务区打打瞌睡，白天最好不停车。可新交规不允许货车司机疲劳驾驶，连续驾驶超过四小时未休息，或停车休息时间少于二十分钟的，一经查处，不但要罚款，还要扣分。

拉我们转场的司机上周刚往辽宁地区送过一车蜜蜂。只在夜里跑跑不到，白天又不能超时跑，怎么办呢？那一户蜂农不得不就地"放蜂"。天亮后，找个偏僻地带停车不动，任由蜜蜂飞出车厢自主活动。待到傍晚，蜜蜂们回箱后再重新出发。

作为一个经验丰富的老蜂农，刘大哥非常清楚这只是没有办法的办法。货车上蜂箱摞着蜂箱，蜜蜂飞出来倒还勉强，退回去时困难重重，没法飞进底层原蜂箱中的蜜蜂会一股脑地朝着较便利的上层箱子里挤，导致"偏蜂"——部分蜂群过强，部分蜂群削弱。全场蜂群的力量相差悬殊了，又会演变成"盗蜂"——工蜂到其他蜂巢中盗取蜂蜜。总而言之，给蜂农的管理带来诸多麻烦。

午夜时分，货车司机在山东境内的滨州服务区第一次停车休息。第二次休息是次日清晨四点四十分在河北卢龙服务区。虽然天刚亮，蜜蜂们已蠢蠢欲动。服务区里人来人往，大多穿着短袖，万一蜇到他们，可就大大不妙了。司机几乎是掐着时间启动车辆，二十分钟，一秒都不多！上午九点多，正是蜜蜂的活跃期，车厢宛如一触即发的炸药桶，司机在辽宁盘锦服务区换了卡，根本没敢逗留二十分钟，旋即驶上了高速。在接下我们这趟业务前，司机已经跑了一趟长途。连轴转的奔波，几十个小时没睡好觉，他疲劳到极点。中午十一点多，他突然扭头问我有没有牙签。我一愣，不知他要牙签派什么用场。他一脸无奈地解释："扎扎自己呀。"

我口袋里的几根牙签是前一晚在小馆子里吃菜，从收银台上取来的。当时司机站在一旁，我还和他开玩笑，说如果他在开车时忍不住打了瞌睡，我就像容嬷嬷一样，用牙签扎扎他。

没想到，一语成谶！

最后的几十公里是司机最艰难的一程，牙签夹在他的指缝中，开一段，扎一下，开一段，扎一下。扎来扎去，左边的手臂上扎出了一长排小红疙瘩。我瞄了一眼，打了个激灵，条件反射似的把脑袋扭向了右边，没敢瞅第二眼。

中午十二点半，货车终于停在了李店的驻地上。托老天爷的福，气温还算稳定，蜜蜂们没有太大的骚乱。刘大哥和新丽姐花了两个多小时，挑好摆好了所有的蜂箱。

卸车，安营扎寨完毕，司机还没走，躺在驾驶室里睡觉。天快黑时，他起来了，借了我的摩托车出去转了一圈，买了热腾腾的羊肉汤回来和我们搭伙吃了晚饭。他是第二天上午离开的，走的时候向新丽姐买了两瓶蜂蜜，说是带给家中的妻子。他在货运平台上找到了一笔回程的业务，货主距离我们蜂场几十里路，货量不多，车子的空间根本装不满，但他还是毫不犹豫地接了。他说："空车往回走划不来，东北不比南方，有单小生意也不错了，钱是不多，赚一块算一块。"

三

"蚂庙山"不是"蚂蚱山"

夜晚像鸟嘴里的种子一样，落在了蚂庙山脚下。刘大哥夫妻还在蜂箱边有条不紊地饲喂或除螨，他们佩戴在额前的头灯闪亮，光线偶尔投射到不同的方向，很快又交汇在一起。风高，月不黑，几颗星子慵懒地眨巴着眼睛。一寸一寸的光阴，如同河流，缓缓地在周遭流动。这风雨同舟的一幕多么美好，可惜在这千里迢迢的僻静角落，除了我，没有第二个人看到。

蚂庙山

对于从未有过外出养蜂经历的我而言,北上追花的每一次转场就像开盲盒。

江苏东台是我们的第一站,在新曹农场待了半个月,平心而论,抛开动辄把帐篷刮得前仰后合的狂风不谈,第一站的环境挺不错,平整的水泥地,取水方便,村人友善,尤其难得的是,不远的角落还有个小小的厕所,虽然又脏又破又臭,好歹不用鬼鬼祟祟地摸去隐蔽的草丛里蹲坑。

第二站在山东泰安,目标是徂徕山的洋槐花。这地方倒是刘大哥夫妻的"老根据地",他们自二〇〇八年至今,每年五月份都要在徂徕山脚下待上近一个月。十多年下来,不能说他们对那儿如数家珍,但方方面面也了解了八九不离十。

在第一站的最后几天,我总找机会和新丽姐聊天,让她给我讲讲下一站山东驻地的细节。我素来性子急,爱操心,越是未知越是忐忑,希望在闲散的交流中打捞出一点可靠的"情报"

垫垫底，相当于学生时代学习新课前的"预习"。

在新丽姐的讲述中，山东泰安有热情和善的东家王大爷，有川流不息的货车，有阴险毒辣的"草爬子"（蜱虫）。在水峪村附近的驻地上停留了二十六天，我和王大爷成了朋友，也被源源不断的大货车惊得夜不能寐。但值得庆幸的是，我没被草爬子讨过便宜。草爬子嗜血，能神不知鬼不觉地攀上宿主，当被咬的人感觉到痒，为时已晚。住在我隔壁帐篷的刘大哥夫妻均被草爬子偷袭过多次，痒得他们把草爬子咬过的皮肉都抓挠出了血。

进驻徂徕山的第三天，新丽姐特地去草丛里找了一只草爬子给我长见识，说别看这东西小小瘪瘪的不起眼，吸饱血后足足有豌豆大，并且还会把毒素留在人体内好几年，不定期诱发皮肤瘙痒。我闻听此言，汗毛直竖，从那以后，走路再不敢靠近茂盛的草丛。某天早上起床，我弯下腰系鞋带，赫然发现一只扁扁的小黑虫正缓缓地趴在床单边沿。赶紧逮住，居然真是草爬子。得亏是白天，要是黑灯瞎火的夜里，它大摇大摆地钻进被窝，我可不就成了它的自助大餐！

五月二十日是我们从山东泰安转场大连瓦房店的日子。出发前的一周，我又围着新丽姐打听新驻地李店镇的情况。新丽姐在徂徕山也深受大货车干扰之苦，她信心满满地说："那儿路过的车子不多，经过的人也少，非常安静。"我顿时眉开眼笑，可还没等乐出声，新丽姐又悻悻地补充道："就是蜂场四周经常有人偷偷倾倒粪肥，持续的恶臭味把蜂箱里的幼虫都熏死了。"

我大吃一惊："粪肥！什么粪肥？"

"鸡粪呀，牛粪呀，羊粪啊，猪粪啊，一倒就是一大堆，像个小山包，臭死了！"

我倒吸一口凉气，脑补了一番不日将与我互为友邻的各种新鲜粪肥，又弱弱地追问："草爬子呢？还有草爬子吗？"

"有！北方的蜱虫个头比山东大多了。前几年一个江西蜂农的老婆在那儿被蜱虫咬了，去瓦房店医院换血才救回一条命。"

好吧！我感觉听到了自己下巴脱臼的声音。

新丽姐见我一副没出息的样儿，赶紧安慰："别害怕。到时候我们把杂草清理干净，一般不会有大问题。我打电话问过李店的熟人了，他说这两年政府委派了专人监督管理，污染环境要被罚款，很少有人敢随地乱倒粪肥了。"

"那，水源远不远？"

新丽姐说："打水的井有点儿远，在屯子外围。洗衣服倒是可以去蜂场边的水库。"

我高兴得很："还有水库呀，那太方便了！"

"方便是方便点。不过呢——"新丽姐停顿了一下，讲出了一件旧事，"那水库深深的，早前淹死过一个十八岁的孩子。"

"……！"我的脖子后面顿时一阵凉飕飕！

五月二十一日中午十二点半，满载的大货车停靠在了大连市瓦房店市李店镇的驻地上。一下车，首先跃入我眼帘的是满地花花绿绿的生活垃圾：旧衣服、坏鞋子、破脸盆、塑料桶等等。尽管生活垃圾也不招人喜欢，终归没有动物粪便面目可憎。

我立在货车边饱饱地吸了一口正宗的瓦房店空气，在鼻腔里反复回味。还好！暂时没品出明显的异味。我一半窃喜，一半怀疑。窃喜的是，没有"生化毒雾"；怀疑的是，一个地区根深蒂固的陋习是否真的能在短时间内"拨乱反正"。

事实证明，我的怀疑是对的。

第二天一大早，刘大哥夫妻早早起床垫蜂箱。蜂场地面凹凸不平，蜂箱下面不垫平的话，巢脾板会发生倾斜，容易挤死蜜蜂。新丽姐还没铲几下土，就有了新收获——蜂场左前方横陈着一只将腐未腐的死猪，从体积上估测，这位不知何故仙去的"二师兄"生前的体重妥妥的超过了一百公斤。

现阶段，瓦房店的最高气温稳定在二十五摄氏度上下，且早晚凉，午间燥。这样的温度，十天半个月之内死猪都不能彻底降解。就地掩埋也行不通！沙土地坚硬如铁，掺杂着大大小小的石片，铆足了劲挖半天，也挖不了半寸深。无奈的新丽姐找了两只大口袋覆盖住死猪，刘大哥奋力铲起沙土压住口袋，两个人忙得大汗淋漓，总算让死猪入土为安。

从那天起，只要一刮东南风，我们三个人就能充分"享受"

到一股直抵天灵盖的奇臭。而与奇臭相伴而来的是乌泱乌泱的苍蝇。不管我们坐着、站着，还是躺着，它们都三百六十度贴身缠磨，没完没了。夜幕降临，人仰卧床上，它们集体歇脚在帐篷顶上。不管你关不关灯，它们都在那里，不远不近，不离不弃。

天亮后，眼睛里看到的是黑乎乎的一层苍蝇，耳朵里听到的是公野鸡此起彼伏的聒噪声。

在东台弶港，风力发电机多；在山东泰安，路过的大货车多；到了大连瓦房店，野鸡多。我们蜂场被起伏的山峦和平坦的玉米地环抱，此处大概没有猎人，野鸡们十分幸福，从早到晚，公野鸡不是飞在洋槐枝头纵情歌唱，就是领着母野鸡在玉米地里搞破坏。它们很聪明，农民下的玉米种统一泡过剧毒农药，它们一颗不碰。它们刨的都是快出芽的玉米粒，用尖尖的嘴巴顺着芽尖儿往下啄取。就那轻轻巧巧的一口，农民们不得不重新补种。

一块很大的玉米地与蜂场仅隔了一道窄窄的沟。我站在帐篷边，不时望见五彩斑斓的公野鸡在对面的玉米地里起起落落地撒欢。公野鸡的叫声远不及家养大公鸡的啼声动听，粗犷短促，毫无规律可言。尤其在万籁俱寂的时刻，我正睡意蒙眬呢，它们已迫不及待地在几十米外的洋槐林里展开了声乐接力。我拥着被窝恨得牙痒痒。家养公鸡的啼叫是递进式的四个调子：

"喔……喔……喔……喔……"高亢悠扬。公野鸡的叫声要么是模糊的两声："咯……咯……"要么是仓促的三声："咯……咯……咕……"你说它们是唱歌吧，唱得杂乱无章。你说它们是报晓吧，又报得不伦不类。

有这样一群不识趣的蹩脚歌手近在咫尺，来瓦房店的头一周，我每天凌晨三点多就醒了。当初说好的"美美睡觉"成了泡影。我恼火地问新丽姐："这些混账野鸡为啥这么能叫唤？"

新丽姐两手一摊："它们高兴嘛。"

那可不！世世代代住在风景秀美的洋槐林里，荤素搭配的好伙食，有妻有子（我们多次见到领着小鸡出来觅食的母野鸡），还有"国家二级保护动物"的黄马甲保命，我等凡夫俗子都未必有它们活得滋润。

我们蜂场上面住着的一个中年汉子告诉我们，野鸡最多时，天一黑，他家围墙上都站满了。

上百米长的围墙上，站满了漂漂亮亮的大野鸡，想想甚是不可思议。但在蚂庙山，的的确确上演过这样的盛景。

哦！对了，告诉你们一声，我们目前落脚的这个地方叫蚂庙山。原先新丽姐说是蚂蚱山——因为山林中的蚂蚱很多很多。可我咨询了一位五十多岁的当地人，才知道已来过此处十多年的新丽姐只讲对了一半，不是蚂蚱山，而是蚂庙山。瓦房店人把蝗虫称为蚂蚱，从前这座山上的蚂蚱不计其数，农民束手无策，于是修建了一座庙，祈求神仙显灵，救苦救难。庙修建好了，蚂蚱们果然神奇地消失了，蚂庙山的英名就这样流传了下来。

在集上卖蜂蜜

我们在蚂庙山住下的第四天晚上,刘大哥接了个电话,他站在外面讲了好久,摇着头进了帐篷。新丽姐忙询问缘由,刘大哥叹了口气,说:"老李难熬煞嘞!"

老李是刘大哥夫妻的蜂农同乡,他家正停靠在距离我们三百多公里的抚顺。在那里,老李遇上了一件很郁闷的事:一个自家不养蜜蜂的当地人强行守在老李的驻地上,利用老李的蜂农身份兜售假蜂蜜,还不允许老李揭穿。老李被迫沦为傀儡,敢怒不敢言。

新丽姐生气地说:"老李夫妻太老实了,被人欺负成这样了,还不赶紧换地方。"

刘大哥幽幽地回答:"临时换地方哪有这么便当。抚顺请不到帮手,他老婆力气小,一百四五十只高箱[1]全靠老李一个人往

---

[1] 蜂箱有高箱和低箱两种。高箱有两层,下层是繁殖区,上层是生产区。低箱只一层,分量是高箱的一半。

车上挑,他自己想想腿也发软。"

蜂农出行都有自己走熟了的老路线,追花地点和时间是衔接好了的,中途变卦,后面的计划极有可能被打乱。所谓一步乱,步步乱,绝大部分蜂农都不愿意冒这个险。老李夫妻年纪不轻了,多转一次场,多一个回合的折腾,多一笔额外的开销,他们实在鼓不起这个劲儿。考虑到接下来还要转两到三次场,压在帐篷里的槐花蜜抬上抬下地装车很累人,老李不得不掏钱通过物流将它们发回了慈溪老家。

在我还没介入养蜂这个行业时,就有位蜂农朋友曾和我开过玩笑,说蜂场除了蜜蜂屎没人要,别的东西都能派上用场。

蜂农口中的"别的东西"有好几种,最为大众熟知的是蜂蜜、蜂王浆、花粉、蜂胶,稍微冷门一点的是蜂蜡和蜂胎。蜂蜡是适龄工蜂分泌的一种脂肪性物质,主要用来修筑蜂巢并为蜂房封盖。蜂胎又名蜂子或王胎,是蜂王产下的受精卵,经工蜂饲喂新鲜蜂王浆生长发育而成的幼虫体。新茶花粉上市估计要等到九月、十月份,蜂胶更是稀少,绝大部分蜂农的主要收入来源还是蜂蜜和蜂王浆。

每天上午,刘大哥夫妻联手做蜂王浆。新丽姐把肉眼几乎无法辨析的蜂卵移进一根根浆条,交给刘大哥插入浆框放回蜂箱。只要工蜂们接受了,这些蜂卵就会得到蜂王的待遇——蜂王在王台中只吃蜂王浆。另一边,刘大哥从蜂箱里取出三天前放下去的浆框，削掉王浆杯上凸起的蜡头，露出白白胖胖的蜂胎。刮蜂王浆前，一定要先钳出蜂胎。蜂胎的肚子里装满了蜂王浆，格外娇贵，常温下很快变红发黑。住帐篷的蜂农没有冰箱，钳出了王浆杯后的蜂胎唯有投入高度烧酒中才能长久保存。除了泡酒，蜂胎还能做菜。在山东泰安的驻地，常常有人摸到帐篷里来买刚钳出的蜂胎，说回家炒鸡蛋，用煎饼夹着吃。

蜂胎炒菜，油温不能高，否则蜂胎下锅后会迅速焦黑。新丽姐做过几次香喷喷的蜂胎炒鸡蛋，但我觉得还是生食更为嫩滑。取一小坨蜂胎，加一勺蜂蜜，冲一点温开水，搅拌均匀，一仰脖子，直接喝下。有几回，我正这样"炫"蜂胎时，恰好有人来访，目睹了我咂着嘴意犹未尽的样子，不禁瞠目结舌。毕竟，在外行眼里，蜂胎和蛆虫长得一模一样。

蜂农卖蜂蜜有两个途径：蜂蜜收购商的定向收购和就地零售。前者价格低廉，全靠量大；后者需要固定的顾客群体。此次刘大哥夫妻选择大连瓦房店作为第三站，也是因为这个驻地交通方便，能做一点零售生意。

蜂场在蚂庙山安置妥当后，偶有附近屯里的村民光顾蜂场，可销量有限。有时候，一整天都没个动静。

有天早上，新丽姐带我去几里外的吴店赶集，望着闹哄哄的集市，我灵光一闪，回到蜂场立即向刘大哥夫妻提议：到集上卖蜂蜜。

新丽姐摇摇头,连说"太难为情"。刘大哥也嘿嘿笑着投了否决票。自二〇一〇年起,他们夫妻赶过十一年李店的洋槐花期,还从未上集市卖过蜂蜜。一来蜂场的活儿琐碎,时间紧张。再一个,他们没尝试过这种抛头露面的直销方式,颇觉别扭。

露天练摊是我的老本行,在浙东小镇干了十七八年,如鱼得水。在一千九百公里外的瓦房店能不能成功破冰呢?我对新丽姐说:"你要是不好意思,我一个人去试试。"

蜂场周边有两个日期交错的集市。按阳历算,离我们近的吴店村是逢二、五、八,路途远一些的是李店镇,赶集日定在三、六、九。北方昼长夜短,四点不到,天就亮了。二十五日早上五点多,我带着新丽姐和一应行头,高高兴兴地前往吴店集。一路下去,鲜有车辆行人,到了集市一看,卖货的摊贩们尚未完全就位,更没有我预想中源源不断的买主。

卖蜂蜜很简单,两只盒子,大塑料盒子倒扣,白色的小泡沫盒子叠在上面放几瓶蜂蜜,盒子前支一张我信手涂鸦的字牌。因为走得匆忙,我们竟忘了拿个小马扎。

摆摊得找个适当的位置。我站在"鑫跃农贸市场"的拱门下东张西望了一番,果断放弃入内,直接跑到马路对面一棵粗壮的柳树下,与几位卖番薯苗的老先生做了邻居。与其站在冷冷清清的农贸市场里干等,还不如先去马路边碰碰运气。也许北方村镇没什么外来人员,也许早到的老先生们也无聊,我一张嘴，顿时招来了老先生们的好奇，不约而同地询问我的来路。我一一作答，没费多少口舌，这些热情的东北大爷很快接受了我这个新成员，气氛一片祥和。

都说"外来的和尚好念经"，到了偏僻的北方村镇，这话压根儿不灵。在诚信稀缺的年代，百分之八十的人对我手中纯正的洋槐蜜持怀疑态度，百分之二十的人不屑于我的招揽。其中一位大爷，在我的摊位前晃悠了六七个来回，眼睛牢牢地盯着蜂蜜瓶，嘴里一个劲儿地咕哝着"不敢买"。他说，时常有开车下屯子兜售蜂蜜的外地人，他一口气买了十斤，却被懂行的人告知是假货。上过了当，再不敢轻易相信外地人！

在吴店集市做成的第一笔生意还是得益于我的南方口音。我正和邻居们津津有味地"拉呱"，一位推着小型双轮车的矮个子大爷停在了我的面前，我赶紧托着蜂蜜瓶向他推销。谁知道大爷对蜂蜜不在意，反而一个劲地问我是哪里人。我老实说是浙江蜂农，家在宁波。听到"宁波"两个字，大爷激动地掏出钱包："我年轻时在宁波当过兵，虽然没能留在部队，但那儿也算我的第二故乡。你从宁波大老远来我们东北，无论如何我都要支持，来两瓶！"

最省事的买主是一位慈厚的老大爷，没盘问，没质疑，没犹豫，笑眯眯地递给我钱，又笑眯眯地拿走一瓶蜂蜜，态度友好得一塌糊涂，好像我们五百年前已经是好朋友。

至于另外的买主，就比较难攻克了。为了把蜂蜜推销给素未谋面的陌生人，我讲得口干舌燥，甚至一度动用了身份证以验明正身。办法虽然乱弹琴，但多少见了效。

得了空，我细细盘点自己的业绩。第一次的吴店集上，我拢共卖掉了十瓶蜂蜜。第二次是二十六日的李店集，同样是全情投入，使出了浑身解数，勉强卖出了六瓶。第三次是二十八日的吴店集，业绩最差，只卖掉了三瓶。不过这一天我和新丽姐却最高兴——外出五十多天了，辗转了三个省份，蓬头垢面，一身尘土，我们终于舒舒服服地洗了一个澡。

吴店集市后面有家浴室，天气转暖后，平时不营业，只星期天开门迎客。我们从浴室里出来，新丽姐盯着我的脸看了又看，像发现了新大陆似的，惊叹道："陈慧，你变白嘞——"

散　步

前几天，江苏如皋的气温飙升，二姐给我打了视频电话。甫一连通，她还没来得及张口，我妈已经把脸凑到了屏幕前，急切地问："这么热的天，你睡在哪里？"

我满不在乎地说："睡帐篷呀。"

我妈忧心忡忡："帐篷那么小，那么闷，你怎么能睡得好？"

我叫她别发愁，北方和南方不同，早晚温差大，纵然午间燥热，但把帐篷的前后门窗都敞开，也不会很闷。太阳一落山，气温慢慢下降，小凉风再一刮，我还得及时拖出棉袄来抵御夜凉。

见我住得比较妥当，我妈拧着的眉头松开了，又小心翼翼地问我："平日里吃饭怎么样？有肉吗？"

我妈是一九四五年生人，经历过残酷的大饥荒，吃过树皮、阜根、观音土，差点饿死，心理上留下了巨大的阴影，一辈子都觉得填饱肚子最重要，固执地认为肉是这个世上最好的食物。

在她的设想中，我住在迢迢千里之外的偏僻角落，一定又困窘又凄楚。事实上，我妈的担忧与我的现状正好相反。从浙江出发的前一天，我在小镇菜市场称过重：五十七公斤。几天前去吴店村赶集，站在卖肉师傅的大电子秤上试了试：六十一公斤。两个月不到，生生胖了四公斤，肚子上的肥膘摸着特别称手。

人养胖了，无非伙食好，无非闲得慌。每次赶集，新丽姐都拎着一只大蛇皮袋，荤腥、蔬菜、豆制品、水果，一样不少。标准的正餐之外还有消闲的小点心，由不得我不长肉。

东台弶港的油菜花期，刘大哥夫妻日出而作，日落而息，打蜜打得腰酸背痛。山东泰安的洋槐花期，多半是做游客的零售生意，既费嘴皮子，又费力气。第三次转场前，已连续忙碌了一个多月的新丽姐松了口气，高高兴兴地给我透了个底："北方人少，清净，在那儿待上一个月，咱们三个人有足够的时间大眼瞪小眼。"

我当时只当她怕我嫌苦，故意宽我的心。没想到，到瓦房店后才知她所言不虚。到帐篷里来买蜜的人屈指可数，十天内打了两次蜜就歇手了——这一站的主要任务是繁殖蜜蜂，蜂箱里必须给它们留有足够的食物。

先前两个驻地，刘大哥夫妻一放下早饭碗，立即埋头做蜂王浆，吃完了午饭，马上挽起袖子去摇蜜，时间紧张得像馋嘴小丫头口袋里的零花钱，怎么也不够用。现阶段，蜜不打，蜂王浆减量,他们俩忽然多出了大把刷抖音睡懒觉的工夫,奢侈得如同一夜暴富的土财主。

蜂场的正主儿都放飞自己了,我这个小喽啰更是无所事事。一日三餐之外,似乎就剩下了躺平。新丽姐说:"嗳——陈慧,你这下尝到做闲人的滋味了吧!"

我摇摇头。闲是有段位的,有的人闲极无聊,有的人闲极崩溃,有的人则闲极生趣。如我这般将日子过得像针脚一样密实的中年人,早已习惯了在时间褶皱中自得其乐。何况,我怀揣着减肥的雄心,我还有一只时刻渴望出门放风的六月龄田园犬小安,于是"散步"——成了我的每日活动。

我们的蜂场驻扎在蚂庙山脚下,往上走是一条窄窄的泥巴路,路的两边立着高高矮矮的树木,一半以上是洋槐,另外一部分属于我叫不出名称的杂树。泥巴路上出现频率最高的是山林管理员和半山腰处唯一的住户。山林管理员五十多岁,圆脸盘,大高个,驾驶着一部银色轿车,不定期上山巡查,防止有人窜来此处偷偷倾倒生活垃圾和动物粪肥。

唯一的住户六十岁出头,据说离异多年,有一个儿子,但不常来。他应该是在山下某处上班,早、晚会经过我们的帐篷,摩托车呼呼啦啦地开过,后轮拖着长长的一溜儿黄尘。新丽姐带我去拜访过他,一排粉红色的房子,房子前面有两只方方正正的大铁笼,里面关着三只壮硕油亮的大黑狗,见有生人靠近,叫声惊天动地。

从他的住处继续往上走几分钟，正儿八经的路凭空消失，取而代之的是一块巨大的空地。我们去的那天，空地上乱七八糟地散落着各种垃圾。人迹罕至、槐花飘香的山林，本该洁净美丽，突兀地多出了肮脏的垃圾堆，就好比佳人腋下的狐臭，令人敬而远之。我牵着小安在这条山路上散步的次数最少，往往走不到半数路程，想到路尽头的狼藉景象，倏然失去前行的兴致，怏怏地掉头。

山下有一条东西走向的马路，路上空空荡荡，一整天也见不着几辆车。马路下方是宽广的玉米地，玉米地顶头是火车道。一天之中，总有几拨不同的火车吭哧吭哧地开过，有黑乎乎的敞篷车皮，有银色外壳的高速列车，还有老款的绿皮火车。它们在湛蓝的天空下，在沉默的远山前，在苍茫的黄土地边，或急急赶路，或缓缓滑行。

蜂场出口朝西去三四里是吴店集市，向东直走有一个叫董屯的村庄。但我一般不去董屯，只慢吞吞地在马路边晃悠一会儿就不由自主地拐进了田间小道。

在分岔的路口，小安会自觉止步，扭过头等待我的决定。如果是正午时分，阳光热烈，水库边又停着钓鱼人的汽车，我会选择向左。先经过一片整齐划一的玉米地——这些玉米全是在我眼皮子底下蹿高的，我目睹了村民播种，玉米抽出嫩芽、拔节，逐渐长高，一天一个样子。玉米地边有间空荡荡的红砖瓦房，外墙上喷着几个白漆大字：水深危险，切勿靠近。

我和新丽姐结伴来过一次水库，提着两桶脏衣服在水库边绕了半圈，却找不到落脚的台阶。新丽姐试图踩着斜坡下去挑水，有个钓鱼人大声叫住了她，再三申明水很深很深，不值得冒险。在山东泰安时，新丽姐也说过，这水库里曾淹死过一个十八岁的男孩，她的话像调好的闹铃，只要我一靠近水库，就在我的耳边响起。

钓鱼人手持长长的钓竿，背对着我，全神贯注。我蹑手蹑脚地走着，不去审视幽暗的水面，也不敢发出任何的声响，生怕一不小心惊动了沉睡在水下的灵魂。

在水库的反方向，有我和小安最喜欢的一条田间路。一拐向这条路，小安似乎忘记了脖子上的束缚，一个劲儿地往前挣。我则谨慎地环顾四周，若是玉米地里没有干活的农人，我就大胆地亮出破锣嗓子，放声歌唱，直唱得潜伏在玉米地里的野鸡展翅而逃。

不管什么时间点，站在路中央遥望我们的蜂场，首先跃入眼帘的是我那一顶帐篷上覆盖的反光膜。区区十几平方米的银色小方块，是我在这陌生之地的定海神针。不管散多久的步，都坦然无比。

刘大哥夫妻早前来这里放蜂时，路上路下还是枝繁叶茂的梨园。近两年没来，偌大的梨园居然被夷为平地，种上了玉米。虽然都是玉米地，进度却不尽相同，有的刚刚拱出地面，有的半拃来高，有的差不多三四十厘米。地势最高也最大的一块地是葫芦岛的一位种粮户承包的，他来我们帐篷买过蜂蜜，捎带聊了几句。

种粮户雇来的人打理承包地的那几天，我频繁地牵着小安去散步。空敞粗犷的北方田野中，大地无限铺陈，身处其间的人和机器都浓缩成了模糊的黑点。我在田间路上走啊走，每隔一段路，就看到堆积在一处的干枯的梨树骸骨。

梨树消亡，玉米生长，唯土地永恒。

走下去好远，有系着头巾的女人守在地头，每当犁田的机器回转，她们立即凑上去往机器内填充玉米种和复合肥。填满了的机器轰然碾过地面，坚定向前。不知道操控着机器的人是以什么作为参照物，他看似漫不经心地迈着步子，留下的，却是笔直整齐的缕缕细痕。

我扬声和系头巾的女人打招呼："大姐，你好啊！"

女人一愣，盯着我，一脸的疑惑。

我扬起手臂，虚虚地朝着蜂场一指。女人这才露齿一笑："哦！蚂庙山下养蜜蜂的呀！"

蜜蜂们

晚上七点五十分,我和新丽姐并排站在蜂场边的小路上。瓦房店的夜空还没有褪尽白日里的湛蓝,圆圆的月亮卡在洋槐树的枝头,仿佛触手可及的玉盘。风一阵阵地从山上蹿下来,掠过我的帐篷,甩打着覆盖在帐篷顶的一层反光膜,发出类似于海浪的哗哗声。蜜蜂早在它们的房子里休憩了,鸟儿在夕阳沉没前暂停了歌唱,飞回了树林中的家。不远处的马路上没有灯光,也听不到汽车发动机的轰鸣声,四下一片悄然。我们这个远离村庄和人群的蜂场宛如漂浮在大海中的一座孤岛,没人进来,我们也不出去。

月光如同碎水银,淌了一地。

我向新丽姐请教:"怎样才能养好蜜蜂?"

新丽姐道:"控制了蜂螨,蜜蜂就可以养好。"

听起来养蜂真是一件轻松的事情。可新丽姐又告诉我:"蜂螨是蜜蜂采蜜时带回的。"

这就意味着，只要外出采蜜的蜜蜂们飞回家，附在蜜蜂身上的蜂螨也就跟进了蜂箱，扎下了根，且无论用什么方法，都不能彻底消灭。蜂螨的繁殖速度是蜜蜂的三倍。蜂螨寄生在幼虫身上抢食蜂王浆，蜜蜂幼虫营养不良，发育不健全，就长不出翅膀。一旦蜂螨泛滥，蜂群便会因幼虫大量死亡而迅速削弱。

我悄悄问新丽姐："你认为刘大哥养蜜蜂的水平咋样？"

"他嘛——"新丽姐顿了顿，给出点评，"一般吧。不好，也不差。"

我说："那你们圈子里有技术特别好的蜂农吗？"

新丽姐想了想，说："养蜂这个行业真不是轻飘飘的一个'好'字能概括的。影响蜜蜂的因素有很多，有些人家的蜜蜂上半年挺好，下半年忽然不行了。今年的蜜蜂看着不赖，明年说不定就垮了。靠天吃饭的行业，没有人是常胜将军。"

"靠天吃饭"是蜂农生活的真实写照。气温、雨量、风力，哪一环节掉了链子，都可能导致整个花期功亏一篑。比如今年山东泰安徂徕山的洋槐花场，头几天形势利好，洋槐花香气扑鼻，刘大哥夫妻正准备撸起袖子加油干呢，先是瓢泼大雨哗哗地下了两天，刚开苞的洋槐花直接被淋蒙了，还没等它们回过神来，八九级的大风又连着横冲直撞了三天，刮得地上到处是白莹莹的洋槐花瓣。早槐花没戏了，刘大哥还心存侥幸，指望山窝窝里一批迟开的洋槐花在雨水的滋润下能创造佳绩，可等来等去,终究等了个寂寞。幸而大连瓦房店的这个洋槐场赶了个风平浪静的全花期,使得刘大哥夫妻有了满意的收获。

回到蜂场,我问刘大哥:"如果要学习养蜂的话,学徒期多长?"

刘大哥伸出手指比画了一下:"三年。"

三年里,作为学徒的刘大哥每天一大早就要前往师父家的蜂场,跟在师父身后打下手。师父只管埋头做事,不做任何讲解。徒弟能学到什么程度,全凭他自己的悟性。

我又问:"养蜂和养鸡养猪一样吗?"

刘大哥连连摇头:"那怎么能一样呢?完全不是一码事儿!"

虽然已经追了三个花期,但我还是个货真价实的门外汉,仅仅是在东台的油菜花场里试着钳了几次王浆杯里的幼虫,在山东的洋槐花场里参与了一两次小规模的摇蜜。

渐渐地,我心理上习惯了漫天飞舞的蜜蜂,也敢大摇大摆地往蜜蜂堆里钻了。每当刘大哥夫妻待在蜂场时,我就像小学徒那样,规规矩矩地立在一边。我注视着刘大哥弯下腰,打开蜂箱,轻手轻脚地取出一张蜂脾,平举在眼前,翻来覆去地端详。天色暗下来了,下班的蜜蜂们飞回了巢中。刘大哥戴上头灯,不紧不慢地跐进蜂场里,依旧重复着早上的一套流程。有时,是他一个人。有时,新丽姐陪伴在他身边。但奇怪的是,即使他们夫妻俩同时聚焦一张趴满蜜蜂的蜂脾,我也听不到他们对谈的声音。

细细一想,蜂农埋首工作时好像也没有必要发声。蜜蜂终究不是鸡和猪,看不顺眼了,发几句牢骚。我在农村长大,深谙鸡和猪的习性,如果不满足它们吃食喝水的需求,难保它们不怨声载道、上蹿下跳。而蜜蜂的吃喝拉撒及至繁殖后代都是亲力亲为,在蜜粉源丰富的季节,根本无须人类干涉。

养蜂难在哪里呢?天时、地利自不必赘述,再一个是要保证"蜂和"。一群鸡或一栏猪之中,大家平起平坐,不存在高低之分,也没有哪一只鸡和猪具备做带头大哥的智慧,懂得去领导它们的群体。鸡和猪的数量再多,在养殖场里谁也占不到上风。一箱蜜蜂却自成一套完整的体系,它们有思想,有行动力,蜂农也不能绝对地把控它们。

我们每次转场,由于这样那样的原因,旧驻地多少会落下一些没及时回箱的蜜蜂。同一批工蜂,依附大集体的蜜蜂们尚有几十天的寿命,掉了队的蜜蜂至多只能活两三天。一开始我总结为:"小孩子离开了母亲,当然活不了。"对蜂群成员多了些了解后,我发现蜂王的的确确配得上"母亲"这个称呼,但工蜂可不一定是"孩子"。

在人类的世界里,母亲大都无怨无悔地爱着孩子,心甘情愿地抚育儿女。换到了蜜蜂界,给了工蜂生命的蜂王反而要依赖于工蜂存活。工蜂充其量只算是蜂王的"侍从"。这些侍从的职能随着日龄的增长而发生变化，从早到晚，忙忙碌碌，担负着巢内巢外所有最艰苦的任务：饲喂它们的"母亲"，抚育它们的"弟弟妹妹"，建筑蜂巢，酿制蜂蜜，清除垃圾，驱除外敌，采集花粉，采水采盐……难怪新丽姐看到地面上密密麻麻的蜜蜂尸体时，总会忍不住地念叨做人千万不要像小蜜蜂那样勤劳，否则迟早得累死。

一天傍晚，刘大哥打开一只蜂箱，反复翻看了几张巢脾也没看到蜂王。他告诉我，蜂王被工蜂们拖出去了。

我被这个新知识惊到了："作为侍从的工蜂还有权利处理蜂王？"

刘大哥说："当然啦，蜂王中毒死了，工蜂们肯定要把它拖出巢外。不光是死去的蜂王要清理掉，一旦工蜂们感觉到蜂王的能力下降，它们就会自发地淘汰老蜂王。"

水能载舟，亦能覆舟。归根结底，工蜂并不全是终日苦累的最底层，它们虽然臣服于蜂王，却也掌握着蜂王的命运。

剥去蜂王至高无上的光环，其实它才是名副其实的可怜虫。处女王飞上半空与雄蜂交配成功后飞回，不出意外的话，它从此闭门不出，待在蜂箱里只能做一件事——专心产卵，直到新老王交替的那一天到来。在蜂场，能力衰退的老蜂王必须被活活掐死。这就是它的命运。

在蜂群中，工蜂最辛苦，蜂王辛苦又可怜，似乎只有雄蜂的日子最滋润。它们唯一的用途是与处女王交配。可一只处女王至多交配两次,也就是说,一个蜂群中那么多的雄蜂,只有少数优质的几只能得到处女王垂青。

所有命运馈赠的礼物,都已在暗中标好了价格——一旦雄蜂成功与处女王共度了春宵,用不了几个小时,便将一命呜呼。而另一些没有机会一亲芳泽的雄蜂,因为不会干活,吃得多,要是蜂巢的食物充足,它们还能蹭吃蹭喝一段时间。当食物供应紧张或天气变冷了,工蜂就会毫不客气地将它们驱逐出境或咬死。

唉,能做人,还是不要做蜜蜂吧。

闲

我和新丽姐从集市返回驻地,拐进蜂场入口时习惯性地按了两声喇叭,原本待在帐篷里的刘大哥听到动静后迅速现身。还没等我的摩托车停稳,他就兴冲冲地朝着我和新丽姐招手:"快走!我带你们去看一样东西。"

我和新丽姐都颇感意外,不知道什么样的好东西,能令这个一向寡言的老大哥流露出如此的孩子气。我按捺不住好奇心,连声发问:"什么东西呀?有什么好看的呀?"

老大哥闭口不言,只管乐呵呵地在前面带路。新丽姐打趣说:"哎哟,搞得这么神秘,成心吊我们的胃口呢。"

走出蜂场出口二十米左右时,刘大哥率先越过路左侧松散的土坡,斜插进了一条几乎被野草掩盖的羊肠小道。我深一脚浅一脚地跟在他的身后,又忐忑又兴奋:是珍贵的药材、珍稀的矿石,还是百年难遇的名品野花?

正胡乱猜测间,刘大哥已经停下脚步,指着一丛艾草的中间,喜滋滋地催促我和新丽姐:"你们去那里看看。"

新丽姐聪慧,抬眼望了望洋槐树枝头上叽叽喳喳的几只鸟儿,恍然大悟:"是不是小鸟?"

刘大哥得意扬扬地揭开了谜底:"是鸟蛋。"

我踮起脚,果然瞧见一只依傍着三棵艾草根部建造的杯状鸟窝,鸟窝的底部躺着两枚拇指大小的淡青色鸟蛋。

蜂场四周野鸟云集,从早到晚,我们的耳朵里塞满了各种各样的鸟鸣声,然而真正能让我们一睹芳容的鸟儿却很少。明晃晃的日光下,从山中飞出来的鸟儿,看起来顶多像树林中的一片叶子,倏地一闪便消失在白茫茫的天空。在蚂庙山脚下待了二十多天,我见得最多的是大块头的野鸡和花喜鹊,如此精致小巧又贴近地面的鸟窝显然容不下它们的身躯。

我们三个人对着两只鸟蛋评头论足了一番,尽管不得要领,但并不妨碍推理的热情。

自来到瓦房店的这个驻地,前十天的洋槐流蜜期一结束,剩下的时间以蜜蜂们的繁殖和除螨为主。为了确保新一批的小蜜蜂们有充足的营养,刘大哥夫妻把本来每日必做的蜂王浆都暂停了下来。而几天一个周期的除螨则在傍晚进行,丝毫没有紧迫感。

六月初,一位在辽宁本溪赶洋槐花期的蜂农姐姐——这位姐姐家每年八月底去我定居的浙东小镇脱茶花粉,也是我的旧相识——联络我,问询了我的近况,又叙述了她惬意的日常:吃好了饭就躺到屯里关系要好的老乡家的炕上蹭流量刷视频,隔天去镇上的澡堂子花十块钱舒舒服服地泡个澡,澡堂配备了专门敲背的人,毕毕剥剥地自头顶敲到脚尖。若是想把这份舒心升级,还可以带点自家的蜂蜜过去,来个真材实料的蜂蜜浴。

啧啧啧……这是什么神仙待遇?听得我心痒难耐,若不是我们蜂场到本溪有四五百里之遥,我还真想去体验一遭。

总之,在等待下一个花期到来的这一个月,蜂农们的"闲"已是大势所趋。所以,无所事事的日子里,即便是一点点的惊喜,都值得放大好几倍。

前几天上午,我正坐在自己的帐篷里看书,突然听到刘大哥夫妻的帐篷里传来了一阵刺耳的呜呜声。起初还以为是新丽姐刷视频的动静,但呜呜声越来越急促,一声高于一声。我走进他们的帐篷一看,居然是刘大哥在吹芦哨。芦哨半尺来长,用一张新鲜的芦苇叶子循序渐进地卷制而成。为了达到理想的音效,刘大哥不厌其烦,反复调试,完全无视新丽姐不耐烦的白眼仁,直到他认为满意为止。

做芦哨的叶子是刘大哥从附近的河套边掰回来的。如果不是闲极无聊,这位七十五岁的老大哥也不会放下他一贯的严肃稳重,沉浸在一种简单得近似于天真的乐趣中不能自拔。

吹芦哨的激情退去，刘大哥在蜂场边兜兜转转，又把目光对准了我们在山东泰安购买的双轮小推车。

蜂场的日常用水一向是我和新丽姐共同协作，我的力气小，往摩托车后座两侧绑灌满水的大水壶，还是新丽姐在行。水井比较远，在蜂场东南方向三四里外的董屯，我们俩骑着摩托车去一趟，一次能带回五十公斤水。

一天早上，我和新丽姐刚准备去取水，刘大哥拦下我们，自告奋勇地提出用手推车到山上的住户家去推水。山上唯一的住户离我们的蜂场两三百米远，山路破败，坑坑洼洼。盛满了水的大白桶加一只扁壶，足足一百五十斤。万一下山时失控冲下来，水桶坏了是小事，人摔伤了可就麻烦了。他走后，新丽姐左思右想，很不放心，急急忙忙地追了过去。

有新丽姐的保驾护航，首次推水非常顺利，刘大哥回到蜂场信心十足地表态：去董屯太麻烦了，吃水的问题他会负责解决。我说："人的力气再大，总比不上机器。去董屯的路尽管有点远，摩托车一发动，也要不了几分钟，你又何必把力气耗在这破破烂烂的沙土路上。"

刘大哥嘿嘿一笑，也不与我争辩。

待他走进了帐篷，新丽姐拉拉我的衣角，悄悄地知会我："他想去推水，就随他去吧。山上的老范家养了几条大狗，人家在给狗立耳，他接水的工夫跑到狗笼前看得津津有味，估计还没看够。"

究竟是多年夫妻,即便刘大哥嘴上不明示,善解人意的新丽姐也能与他心思共通。

于是,从那天起,我和新丽姐再没去过董屯拉水。而刘大哥每次从山上推水下来,无一例外的神清气爽,眉飞色舞地给我们讲,把狗的耳朵固定起来是多么多么的好玩。

不光是刘大哥百般无聊,操心惯了的新丽姐也闲得无精打采。不是坐在帐篷边呆呆地眺望着玉米地里咯咯叫的野鸡,就是转到我的窗户下心不在焉地逗弄小安。我看看她,她瞧瞧我,各自抿嘴一乐,名副其实的大眼瞪小眼。

去吴店赶集时,新丽姐在猪肉摊上相中了一大块肥瘦相间的猪肉,咕哝了一句:"这块肉做饺子馅倒是不错。"我只当她随口说说,没想到那天的晚饭真是萝卜丝肉馅的饺子。

一只鲜香味美的饺子咽下肚,我的感受只有两个字:奢侈!

在窗明几净的家里,吃顿纯手工做的饺子也要大费周折,何况是条件简陋的蜂场。辛苦推回来的水不能大手大脚地铺张,面皮子要自己一张一张地擀出来——没有擀面杖,新丽姐让刘大哥锯了一段塑料水管子——剁肉都找不到一块平整的地方。然而,就在这样局促的环境下,我们三人竟享受到了热腾腾、香喷喷的饺子,这不是奢侈是什么?

饺子之外，我们还吃了一顿筋道的手擀面。那天下午，太阳还明晃晃地刺眼，新丽姐在他们的帐篷里高声叫我。我应声过去一看，冒着热气的面条碗已摆在饭桌上了。直觉上没到饭点，我掏出手机核实——的的确确还不到下午五点。

夏季的北方昼长夜短，早上四点多天已大亮，晚上八点后天才慢慢黑透。正常情况下，我们的晚饭都在七点左右。

我不解地问："怎么这么早吃晚饭？有什么特别的事情要做吗？"

新丽姐只管哧哧地笑。刘大哥夹起一筷子面条，慢条斯理地说："没什么特别的事儿，是你姐姐弄错了时间，早早做好了晚饭嘛。"

忙的那阵子，恨不得一小时当成两小时用，紧赶慢赶，怎么也不会弄错钟点。看来，还是近来的日子太闲了！

蜂场的事务繁杂了，新丽姐对我说："你看你，老老实实在家不好吗，非要跟着我们出来受罪，苦吧？"

蜂场的活儿不紧张了，新丽姐又对我说："你看你，踏踏实实在家不行吗，非要跟着我们出来体验生活，闲得难受吧？"

再怎么闲，我都能合理地填满一天二十四个小时。吃饭、睡觉、散步、看书、写字、洗衣服——在洗衣服的溪流里，我竟还发现了数群大大小小的鱼儿，而我们的蜂场恰好备着几顶伞状的渔网。

晚上八点,暮色四合,马路上一个人、一辆车也没有,我载着新丽姐到三里外的小溪里放渔网。第二天凌晨三点多,再去收网。许是北方人不屑于捕捉这种不起眼的小鱼,我们第一网竟成果斐然。

太好了,有结实的渔网,有源源不断的小鱼,在远赴下一个目的地之前的日子,我们再也不会闲了!

老 范

每次牵小安出门散步,我最喜欢去蜂场东边的玉米地。玉米地宽广开阔,一眼望不见尽头。我慢慢地徜徉在玉米地中间一条平坦的土路上,路是笔直的,两边的玉米排列整齐,个头相差无几,颜色一致的碧绿,以至于无论我走多远,都像是还在原地。

玉米地里通常看不到干活的人,不知道是玉米无须侍弄,还是暂且没到打理它们的季节。我的耳朵能捕捉到婉转悠长的鸟鸣声,仿佛从水的深处传来,成倍地放大了玉米地的寂静。

世界空茫得似乎只剩下了头顶白花花的阳光。我走走停停,不时把目光投向我逗留了将近一个月的蚂庙山。西边的山脚下有我们的蜂场,只不过距离太远,蜂场的一切都被模糊在大片的玉米地之后,唯我那顶银色的帐篷脱颖而出。顺着帐篷往上看,再往上,半山腰忽然跃出一排错落有致的红房子。

山是深沉的墨绿色,房子是明快的粉红色。我总觉得那些漂亮的红房子该属于一个美丽优雅的女子，当清晨的第一缕阳光拨开了蚂庙山的晨雾，她就会眨眨漆黑如夜的眼睛，坐到窗户前，在鸟儿们的歌声中温柔地梳理着绸缎般光滑的长发——当然，这只是我的臆想。事实上，我去过一次那排粉红色的房子，偌大的房子里住着的是一位喉咙沙哑的东北男人。

东北男人姓范，具体什么名字，我没问。刘大哥夫妻提及他时，只是简简单单的一个"老范"。

老范是个大高个，不胖不瘦，五官端正，目测六十岁出头——也许要年轻一些。北方地区气候干燥，风大，人很容易被吹出老相，五十多岁的人看起来能像六十多岁。

老范算是我们的邻居，准确地说，是唯一的邻居，虽然从驻地到他的红房子还有好几百米坑坑洼洼的上坡路。刘大哥夫妻十多年前首次来蚂庙山放蜂，老范就住在那里。那会儿蚂庙山脚下还没有大片种植玉米，四周全是梨树。几百亩的梨园归当地的一个老板承包，红房子也是老板建造的。老范常年在梨园里打工，后来梨园的合同到期，老板到别处搞事业，只留下老范看房子。事实上，老范不是这房子的主人，他只是老板的管家。

我们蜂场安顿下来的第二天上午，新丽姐带着我去拜访了老范，表达谢意。蜂农赶花期都得仰仗当地的熟人提供信息，我们还在泰安徂徕山时，就是老范给刘大哥发送的蚂庙山上洋槐花的视频。

如果不是和新丽姐一道,即便青天大白日,我一个人也不敢往上走。山路静谧阴森,树木野草在失去秩序的荒芜中迸发出极为蓬勃的生命力。不时有五彩斑斓的野鸡呼啦一下窜出草丛,短促地啼叫两声,又惊慌失措地一头扎进更茂盛的树林里。

有大狗在狂吠,越朝前走,越清晰。新丽姐很惊讶:"老范养狗啦?以前他这儿没有狗的嘛。"

我和新丽姐上了坡,先看到了三只小牛犊大小的全黑狗,体型高大,油光水滑,关在红房子前的大铁丝笼里,龇着雪白的獠牙,嘴角拖着长长的口涎,吼得惊天动地,似乎下一刻就能破笼而出。我心惊肉跳地拉紧新丽姐的手,一动也不敢动。老范满不在乎地说:"别怕,别怕。我这狗听话得很,不咬人。"

疫情三年,刘大哥夫妻缺席了两年吴店的洋槐花期,老范就是这两年开始养的狗。

大黑狗不依不饶地冲着我们发威,老范把右胳膊伸进铁丝笼,一边安抚着吼得最厉害的那只,一边和新丽姐说话。他的语速不快,东北方言我大致听了个过半,知道了他的狗是纯种黑狼,身价不菲,一只狗每天要吃一只鸡;知道了蚂庙山脚下有专人管理,村民们不太敢明目张胆地乱倒粪肥了;知道了蜂场东边的玉米地是葫芦岛的人来承包的,一亩地四百块钱,但他并不看好这件事,周边的野鸡太多了,山林中又有大量的野兔,再过些时日,野猪也成群结队地下来了,最不确定的是气候,如果玉米灌浆时不下雨,收成肯定大打折扣;知道了红房子里还有一窝小狗,可惜血统不纯。

老范讲到兴头上,殷勤地领着我们去屋里看小狗。红房子里破破烂烂,乱七八糟,有很多隔开的单间。他一开腔,那些两个月大的小狗就急急忙忙地从昏暗的房间里跑了出来,挤在出口处的围栏上哼哼唧唧。

我强忍着恶心在里面待了几十秒钟,赶紧跑了出去。那么多的小狗自出生后就集中在一起吃喝拉撒,不见天日,满屋子的臭气令人作呕。老范还乐在其中,好像一点也闻不到。

那次之后,新丽姐或刘大哥再去老范的红房子,我都没有跟随。想起那些懵懂囚徒一样的小狗,我不免心有戚戚。虽然这并不关我什么事情。新丽姐也说:"老范养狗挺好的,热闹一些,这么多的空房子,又是单身汉。"

老范离婚多年,有一个儿子。爷儿俩不一起住。儿子隔三岔五开着一辆白色的越野车来一趟,大多在午后,轰隆隆地经过我们的帐篷边,卷起的尘土如同黄色的烟雾。不大会儿工夫,又轰隆隆地走了。

蜂农生活在野外,有些事情只能因地制宜。天黑后,我和新丽姐相约去蹲坑,总要问一句:"老范今天走过了吗?"

这一带除了老范，极少有别人出现。如果老范今天走过一趟了，一般就不会再下山，我们便大摇大摆地扛着铁锹去路下的空地里——草丛中潜伏着不计其数的蜱虫，我们尽量不蹚进去。如果老范当天没有露过面，那更不用担心了。白天他都不出来，何况晚上。

老范永远也想不到我们是如此关注着他的行迹。这个人的健谈似乎只限于他自己的地盘，到了外面，判若两人。早晨或傍晚，他骑着摩托进出，与我们迎面相碰，并不停下，微微颔首，疾驰而过。

前些日子，连下了三天暴雨，蜂场后面的一段路被雨水冲毁了，裂开了宽宽的口子。过了一天，那些歪歪斜斜的口子里就填上了石块。新丽姐告诉我，肯定是老范垫的。他这个人向来这样，悄悄地下来，又悄悄地上去了，成心不让我们见到。

上星期，老范下来遛两只两个多月大的黑狼。因为他们的到来，我那素来懦弱的田园犬小安感到主权受到挑衅，它不顾脖子上拴着的铁链，上蹿下跳地扑咬了一番。说实在的，尽管小安快七个月了，体型还不如两个多月的黑狼大。小黑狼压根没把小安虚张声势的防御放在眼里。母的那一只伸长脖子在小安的身上闻了闻，也不客气地咆哮起来。公的那一只黏黏糊糊地蹭着老范的腿，压根儿不拿正眼瞧小安。老范无限爱怜地摩挲着小黑狼的脑门儿,为它擦掉鼻涕眼屎,捉去毛发里的蜱虫。

我问他:"这两条纯种小黑狼卖吗?"

他毫不犹豫:"不卖!"

三只狗你来我往地较量了一番。老范又召唤他的狗往山上去了。

一个人,两只狗,慢吞吞地走着,不一会儿就消失在山路的拐弯处。

也苦，也美好

晚饭前，新丽姐所在的蜂农群里有人发布了一条蜂农转场途中遭遇车祸的视频，满载着蜂箱的大货车在高速上追尾，坐在副驾上的养蜂人命丧当场，年仅四十岁。视频中的大货车车头四分五裂，可见当时两车碰撞的惨烈程度。滞留事故现场的蜜蜂们因为无法忍受高温，纷纷从蜂箱里飞了出来，杂乱无章地盘旋在失事车辆的上空。

这条视频新丽姐反复观看了几遍，连连叹息，直到睡觉前，情绪还非常低落。

运输蜜蜂不同于其他货物，除非下雨天，蜜蜂们待在箱中不外出工作，否则蜂农转场都是在夜间。大部分货车司机迫于生存压力，上个业务一交接完，等不及元气恢复，又强打精神接下一单。运输蜜蜂，装车时受时间的限制，卸车时又要考虑到目的地的天气和温度，司机很难充分合理地休息，唯有争分夺秒地朝前跑。数千公里的远途，车流滚滚的高速公路，危险程度不亚于游走在悬崖边。

新丽姐伤感地说:"看车头的损伤,肯定是司机打瞌睡导致了追尾。瞌睡会传染,司机在开车时,同车的蜂农怎么能只顾着自己眯乎呢?正值壮年的一个人眨眼间就没了,养蜂行当里也少了一份力量。"

本来还躺在床上默默刷手机的刘大哥忽然翻起身,感慨道:"养蜂这个行业撑不了多久了。其他省份的蜂农不好讲,反正慈溪现有的蜂农基本都是五六十岁以上的,再过几年,他们养不动了,年轻人又不愿意干。唉……"

新丽姐激动地说:"蜂蜜的收购价总上不去,东奔西走追花期,如果没有零售的场地,蜂农能到手几个钱?又不是包赚不亏的营生,风险还高,哪个年轻人要来讨这份苦吃?"

实事求是地讲,比起早前养蜂的局促,如今的蜂农条件已经好了很多。新丽姐还记得他们夫妻刚养蜂时,用木棍搭房架子,篷布则是透明的塑料纸,不刮风不下雨尚且太平无事,风雨雷电一登场,薄薄的帐篷布四面楚歌,人除了裹着雨衣坐在篷布下熬到天晴,别无他法。但眼下,我们住的是结实的铁皮帐篷,扛得住十级以下的大风。蜂场用的是太阳能板,照明、手机充电、小功率的电风扇都能兼顾。吃的、穿的、用的,购买也很方便,可以骑车外出赶集,也可以在当地借个收货地址网购。要说真正的辛苦,更多的是蜂农对大环境无法掌控的茫然之苦。

我们在山东泰安时有一个安徽籍的邻居小谢，徂徕山的洋槐花结束了，我们转场到大连瓦房店，小谢去了山东威海。前几天，刘大哥从朋友圈得知小谢已经提前回家了。小谢的蜜蜂在徂徕山时已出现了花粉中毒的迹象，损失了主力工蜂，再赶过威海的洋槐花期，蜂群群势迅速下降，小谢不得不返回原籍休整。

徂徕山上有大量的松树，松树上又暗藏着多种害虫，为了消灭致命的害虫，林场的工人们每年都会在松树的躯干上打上小孔，填入杀虫药。杀虫药在松树身上慢慢发挥效用，也连带着污染了松花粉，外出采花的工蜂又把有毒的松花粉带回了巢中……

其实，同一时期在徂徕山脚下驻扎过的十来家蜂场，多少都有一些蜜蜂中了毒花粉的招儿。小谢蜂场的位置离密集的松林最近，祸害最深。蜂农们每天仔细地检查蜂群，不可能辨不出中毒的蜜蜂。那又能怎么样呢？花期转瞬即逝，也只有拿蜜蜂们的命去搏。

在瓦房店的驻地上待了近一个月，表面上看，刘大哥夫妻很闲，实质上，他们内心并不轻松。蜜蜂的繁殖情况是他们研讨了一次又一次的话题。蚂庙山的主蜜源下去了，蜜蜂的繁殖仰仗于火棘、酸枣之类的辅助蜜源。酸枣花最好天晴，最好气温高，可这两项也不是他们能决定的。还有下一步的走向，本来刘大哥夫妻信心满满，设定了三条路线。第一条：与同乡结伴去黑龙江采椴树蜜。然而，和黑龙江那边电话联络后，当地老乡透露椴树场地里有熊频繁出没。蜂农对熊不陌生，往年的椴树场里也有熊来偷吃蜂蜜。但据说今年的熊更多了，不值得冒险。

内蒙古的油菜场地是第二选择。新丽姐向我历数了内蒙古的几大好处：安静——骑摩托车几十里下去都不一定能遇到一个人。早晚温差大——夜里睡觉舒服。草原的风景很美——遍地是随风摇曳的野花。要是观光旅游，内蒙古真是值得期待的好去处。但抱着谋生的目的继续向北奔波一千多公里，该考虑的可不止这些。新丽姐算了一笔账：从瓦房店出发去内蒙古，运费六千块上下。从内蒙古返回浙江慈溪又是一万多块。也就是说，不管内蒙古场地里的情况如何，先要打出四千斤的菜花蜜保障运费，余下的才是收益。万一突发自然灾害，路费都筹不出。二〇一三年，呼伦贝尔大草原农垦七队连日暴雨，蜂箱进水，刘大哥夫妻被困多日，铩羽而归。

黑龙江的偷蜜熊使人心惊，内蒙古的大额运费又有压力。思来想去，就近去六百多公里外的辽宁北票采荆条蜜好像更有把握。这段时间，刘大哥日日关注天气预报。荆条的稳产、高产离不开雨水的滋润，只有荆条场地下透了雨，蜜蜂方可进场。

北票市的常河营乡，刘大哥夫妻之前也去过几次，还是一样悬着心，一样茫然，不知未来这一个多月的付出能得到多少回报。

新丽姐提前给我打预防针："荆条场地最热了，帐篷里像蒸笼一样，简直没法待人。老刘原先都打着赤膊睡在地上。苍蝇多，上厕所的地方还不好找。离村庄有一两里地，取水也不太方便。"

我知道，她还是怕我忍受不了野外养蜂的苦。可北上一路走来，我已经与既往迥然不同了，我丝毫没觉得辛苦，更没有想要撤退，我甚至是喜欢，并享受着这样单一安静的日子。

天蒙蒙亮，刘大哥就起床了，不声不响地在蜂场里忙碌。大风大雨的糟糕天气到来前，他总是默默地、严谨地做好一切防范工作。

定好转场日期的前几天，刘大哥夫妻一起钉包装。小小的羊角锤笃笃轻响，不疾不徐，像是专属于他们夫妻的独特暗语。

上午半天，刘大哥和新丽姐坐在帐篷里做蜂王浆，两人面对面，一个移虫，一个刮浆，无论聊什么话题，语气都是柔柔的。

打蜜通常是在午后，盛满蜂蜜的大白塑料桶沉甸甸的，要两个人抬到帐篷前。假如新丽姐在前，刘大哥会很自然地把吊着塑料桶的尼龙绳子往自己的面前移一大截。假如他们的位置互换了,向着自己移动绳子的人就是走在后方的新丽姐。

某些悠闲的黄昏,我成了蜂场的守门人。刘大哥夫妻肩并肩走向山后的小径,他们去"看看花"。

当夜晚像鸟嘴里的种子一样,落在了蚂庙山脚下。刘大哥夫妻还在蜂箱边有条不紊地饲喂或除螨,他们佩戴在额前的头灯闪亮,光线偶尔投射到不同的方向,很快又交汇在一起。风高,月不黑,几颗星子慵懒地眨巴着眼睛。一寸一寸的光阴,如同河流,缓缓地在周遭流动。这风雨同舟的一幕多么美好,可惜在这千里迢迢的僻静角落,除了我,没有第二个人看到。

他乡的端午

一吃好早饭,新丽姐就催我去吴店赶集,生怕去晚了买不上肉。我在集市卖过几次蜂蜜,正好和猪肉案子做邻居,自然看过本地人买肉的气魄,三斤五斤不算生意,十斤二十斤都不稀奇。

北方的猪好像没喂瘦肉精,白花花的肥膘至少三寸厚,一头大猪少说有四五百斤。正常日子,一个冷冷清清的小乡集,三张肉案子,每个杀猪师傅最起码能卖掉两头大肥猪。过端午节的话,销量怕更是扶摇直上了。

我们蜂场人少,也没有冰箱。有一回,新丽姐想叫卖肉的师傅割一斤肉,人家的脸拉得像法棍,理都不理。好脾气的新丽姐耐着性子讲了半天好话,卖肉的师傅总算拿正眼瞧人,然而下刀还是有条件:市价十元一斤,卖给我们要十二元。

买一刀肉,多花了钱不说,还得点头哈腰。你说气人不气人!

我对新丽姐说:"不用去赶集吧。有啥吃啥,咱们又不在家里,将就点算了,过不过端午节都无所谓。"

新丽姐说:"那怎么行?一年只有一次端午,越是在外面生活,越不要马虎。"

北方地区很重视端午节。半个月前——甚至更早,集市上就已经有人在卖端午当天要挂在大门上的"把门猴"。

把门猴其实是猴子造型的布偶,有的做工粗糙,仅仅是一只手捧桃子的橙色或红色小猴,考究一点的,做成了手挥金箍棒的美猴王。我向一位本地大姐请教挂把门猴的意义。大姐说:"辟邪呗。美猴王多厉害!七十二变,上天入地,哪个妖怪不给他揍得嗷嗷的。"

《西游记》确实是这么演的,但保护唐僧西天取经的美猴王和端午节怎么扯上的关系?估计满腹经纶的屈原老先生也百思不得其解。不过端午节吃粽子这件事,倒是南北方高度一致,除了粽子外形稍有区别。浙东山区多用淡黄色的毛竹壳包"横包粽",瓦房店这边的粽叶是青青的箬叶,叶梢盘在三角形的粽子顶部,像小姑娘扎的辫子。

集市一角有卖粽子的小摊,三元一只,剥去箬叶,糯米团里嵌了一两只不那么丰满的红枣。这般黏性十足的粽子,刘大哥一气能消灭两三只。没办法!用纯纯的洋槐蜜蘸粽子,清香甜美,连我这个一向不爱吃甜食的人都吃得意犹未尽。

粽子之外，此地的端午还要吃蛋。鸡蛋、鸭蛋、鹅蛋——集市上的大鹅蛋六元一只，供不应求，也不知道这又有什么特别的用意。

董屯的山林管理员老董前天路过我们蜂场，拿来了十来只咸鸭蛋，其中两只的外壳上用黑笔标明了日期，一看就知道是腌蛋的人做下的记号。前不久，这个身材高大的东北大汉已给我们送过一次粽子。新丽姐介绍，端午前的粽子是很庄重的伴手礼，当地人走亲访友都要带着。

第二个带粽子来我们蜂场的人是老虎屯的蜂蜜收购商。老虎屯距离吴店五六十里路，刘大哥夫妻早前在那儿打过几年的洋槐蜜，和这个蜂蜜收购商意气相投。虽然近几年他们没有去老虎屯，也不存在利益关系，但这个人知晓刘大哥夫妻在吴店落脚，还是专程开车过来叙了一场旧情。他带的六只大粽子，我们三个人吃了两餐。

昨天下午，新丽姐叫我一道去蜂场后面的山坡上割了一捧艾草。人迹罕至的山洼里，艾草遍地都是，生机勃勃，香气浓郁得如同时光留在人间的隐喻。蜂场有一只喷烟机，刘大哥在蜂场干活或转场时，把一撮晒得半干的艾草点燃塞进喷烟机里，放在手边，既降低了蜜蜂的攻击性，还不会伤及蜜蜂。

我来蚂庙山没几天便发现了蜂场左前方的水洼里站着一溜儿菖蒲，在江苏娘家，菖蒲和艾草的组合是端午节的标配。可新丽姐说入乡随俗，北方不兴插菖蒲，而是艾草加桃树枝。

天黑之前，我们俩又沿着马路走下去约一里路，那边有个黄桃园，低矮粗壮的桃树上结满了圆溜溜的小桃子。新丽姐蹚过齐膝的野草，掰下几根向南生长的桃树枝捧回了蜂场。

今天一大早，刚打开帐篷门，新丽姐就用红布条在我的帐篷门上绑了艾草和桃树枝，还给我的手腕脚踝上各扎了一圈五彩绒线。我一个四十六岁的半老太太，第一次被人如此别致地"装扮"，真是又新鲜又感动。

这儿的习俗：彩线如果自己不掉落，就要等到六月初六后再取下。作为我们蜂场的大男主，刘大哥自然也被新丽姐绑上了具有象征意义的五彩线。看看刘大哥微微翘起的嘴角，似乎还挺满意。

四

与虫为伍

大坟圈驻地的主要特色是形形色色、无所不在的虫子们。善的虫子居多，它们敏感柔弱，没有伤人之心。有时候，它们也会摸进帐篷里，这里转一转，那里停一停。大概觉得我们这个不透气的组合房子远不如它们自己的露天世界那么惬意自在，很快又循着亮光，头也不回地爬了出去。恶的虫子就不那么好相与了，仗着有毒性，仗着有利器，傲慢冷酷，野心勃勃，即使我们不去招惹它，它也能想办法到我们身上捞实惠……

牛粪大礼包

树是真好!六棵枝繁叶茂的大榆树,看树身的粗壮程度,年龄不会比我小。有两棵树稍稍偏在东南边,其余的四棵树间距均匀,组成一个较为规则的四边形。它们的树冠亭亭如盖,彼此相融,形成了一片天然的遮阳网。

草有点深。以一种翠绿细长的野草为主,中间混杂了一些车前草、蒲公英、紫花地丁、婆婆针……还有拖着长藤的田旋花,淡粉色的花朵呈喇叭状。整块草地蓬松柔软,散发着植物独有的清香,踩在上面就像踩着厚厚的长毛地毯。但当我穿着网眼球鞋在里面走了几个来回后,整个鞋面及小腿上沾满了黄豆大小的灰白色植物果实,毛刺刺地扎手,甩都甩不掉。我不得不花费了很长时间,像绣花一样仔细地将它们清理干净。

蜂场的位置也还行,与马路相距二三十米。北方地广人稀,乡村马路上空荡荡的,较为凉爽的早晨和傍晚,几分钟到十几分钟才有行人或车辆匆匆而过。燥热的中午,许久都听不见任何动静。所以，住在这里既不觉得吵闹，也没有那种远离人群的寂寥。

唯一明显的缺点是牛粪——很大一堆牛粪。

刘大哥闷闷地念叨："这个老梁（蜂蜜收购商），有牛粪怎么也不提前吭个气。要是知道住在牛粪旁边，我就不来了。"

来都来了，念叨也只是平复一下心绪。转场的任务烦琐艰巨，尤其是无人出手相帮的情况下。六月二十三日，我们从蚂庙山转场，当天的最高气温达到三十一摄氏度。辽宁地区天气干燥，空气湿度小，同样的温度，至少相当于南方的三十五六摄氏度。起床后，我卷起铺盖，三下五除二地打包好自己有限的家当。在野外生活了两个多月，物质需求降到历史最低，我却丝毫没有感觉到束手束脚，反而觉得前所未有的轻便。

下午三点，我们三个人开始拆帐篷，往货车上装空件。我的腰有旧疾，力气又小，新丽姐总和我开玩笑，说我是"蛤蟆二两力"。搁在别的场合下，这二两力有与没有都无所谓。但在没有外援的转场时，有些活儿差一两力都难办成，我这只二两力的大蛤蟆蹦来跳去地搭搭手，也刷了不少的存在感。

装好了空件，六点还不到，蜜蜂们尚未下班，我们坐在货车的阴影底下静静等待它们归巢。

瓦房店那儿，即使花钱都雇不到工人，一百二十只蜂箱全靠刘大哥夫妻亲力亲为。暮色一点一点地弥散，刘大哥夫妻累得气喘吁吁，腿肚子直打晃，数了数，还剩余四十只高箱。逗留在蚂庙山的三十三天，有三分之二的时间是蜜蜂们至关重要的繁殖期。洋槐花谢落后，为了确保幼虫有足够的口粮，蜜蜂们采回来的杂花蜜一直没取过。有些蜂群群势好，巢脾里灌满了蜜，蜂箱重达百十来斤。已经筋疲力尽的刘大哥夫妻实在没办法一肩挑二百来斤走上高高的跳板，只能合二人之力一箱一箱地往车上抬。

天快黑透了，一小股未能顺利找到自己箱门的蜜蜂异常暴躁，在驻地上方左冲右突，伺机向刘大哥夫妻发起攻击。无奈的新丽姐抬几趟就要停下来喷一圈艾烟，以缓解被蜇之苦。

八点四十五分，满载的货车终于驶离了蚂庙山，朝着三百多公里外的辽宁省朝阳市北票市常河营乡进发。司机是一位三十岁出头的年轻人，大圆脸，双下巴，虎背熊腰。

一般的六米八高栏货车[1]只有一个司机，照新丽姐的安排，上车后，她和刘大哥在后排，我坐副驾位子当"监工"。没想到，这次的司机竟然带了个一脸稚气的小跟班。原来是司机的小舅子，刚刚十九岁，早不上学了，在家无所事事，跟着姐夫出来见见世面。

---

1 六米八高栏货车是一种大型货车，长度是6.8米，通常用于运输大型物品和重量较大的货物。

多出来的小跟班让我们意外。同样的，胖乎乎的司机也很好奇我的身份。他这两年拉过许多户北上追花的蜂农，别人家要么是独行侠，要么是夫妻俩，基本没有三人扎堆的。

狭小的驾驶室里塞五个人，可想而知的拥挤。新丽姐嘀咕道："第一次转场我就告诉亮哥了，我们总共三个人，他怎么没知会司机呢？"想了想，她又对我说："应该是亮哥以为你已经离开蜂场了，不然也不会找这辆有两个人的车子。"

其实不光亮哥，就是和我们一起在东台弶港打过油菜蜜的江西蜂农朋友，也诧异于我没掉队。端午节那天，他和新丽姐联络，听闻我还在蚂庙山，颇为惊讶："咦，她怎么还在？"

亮哥也好，江西蜂农朋友也好，为什么就这么笃定我已离开蜂场了呢？因为苦？因为累？因为孤独？还是……其他的什么？可在我看来，普通人的白天黑夜都长得高度相似，宛如一株巨大的植物，日复一日，自顾自繁衍出一片又一片纹理相同的叶子。只要深陷在生活里，哪一样不是又苦，又累，又孤独呢？

货车稳稳地行驶在高速公路上，司机目光炯炯，断断续续地吹着不成调子的口哨。和我们打过交道的四个司机中，数他最省心，完全不用我监督。我忍不住问他："开夜车不是最耗心神吗？你怎么反而挺享受？"

司机笑笑，说："夜里车少，不用时时刻刻提着劲儿，还安静，多好啊！"

司机的小舅子曲着腿在后排将就了一段路，又不声不响地挪到我和司机中间的一张小折叠凳上来了。至少有三个小时，他嚼着槟榔打"王者荣耀"，头也不抬。司机用一种宠溺的语气数落道："他呀，跟我在外跑车的十一天，除了睡觉，别的时间都是捧着手机玩游戏。"

进入义县境内后，这个手机不离手的孩子终于撑不住了，哈欠连连，瞌睡得东倒西歪。货车颠簸得厉害时，他的脑袋蜻蜓点水般地落到了我的左肩上。那一刻，我心生怜惜，无比思念三千多里外的儿子，几欲伸手揽住这个与我儿子同龄的小家伙。

凌晨三点，货车在一个转弯口停了下来，几块封路的警示牌显示前方正在施工，必须绕道行驶。司机下了车，摸进守路人的帐篷，也不知道在里面讲了些什么，回过来和新丽姐说守路人想要一些蜂蜜。

黑灯瞎火的，两只盛满洋槐蜜的大桶都压在大大小小的物件底下，怎么可能搬得出来呢？新丽姐取出一包香烟，叫我拿去给守路人。我迷迷糊糊地跳下副驾驶室，走近帐篷，掀起门帘一角朝里望了望，一位六十多岁的男人正坐在灯下。我把香烟递进去，他也不起身，叽里咕噜地说了一席话，我琢磨不透他的方言，悻悻地退回货车边。新丽姐接过我手中的香烟，随着司机再度进了帐篷。不大会儿工夫，他们走了出来，司机重新发动车辆，掉转车头，驶向反方向一条坑坑洼洼的小道。

施工路段虽然不能过，但新丽姐用一包二十块钱的香烟加五十块钱从守路人嘴里获得了另一条可行的路线。这条路上坡又下山，车身不住被路边的树枝刮得咔咔作响，中间还横穿了两个屯，七拐八绕，海上冲浪似的刺激。好不容易冲上了国道，司机长舒一口气："幸亏天还没亮，要不然，这么窄的路，屯里的村民肯定不放行。"

三点四十五分，北票的天空将明未明，天色初露，奔驰了七个小时的货车停在了常河营乡的新驻地前。蜂蜜收购商约好的两名挑蜂箱的工人早已就位。他们扎紧裤腿，戴上防护帽，拿起扁担，娴熟地打开了车厢门。

空气中掺杂着荆条的淡淡芳香。刘大哥夫妻千里迢迢地赶过来，为的就是这种漫山遍野一咕噜一咕噜地开小蓝花的植物。挑蜂箱的工人说，在我们之前，已有七家蜂农进了荆条场，还有大批蜂农正在预备赶来，等到了六月二十七日、二十八日，总计能超出四十家。

常河营乡的荆条稳产、高产的名气在外，怪不得蜂农趋之若鹜。刘大哥夫妻早前来过常河营乡七次，有两次是驻扎在眼前这个驻地。荆条的花期长，如果天公作美，我们将要在此地停留四十天左右。

挑蜂箱的工人数次接应过转场的刘大哥夫妻，彼此也算老熟人。一百二十箱蜜蜂安置好了，又一鼓作气地往下卸空件。

床腿、塑料桶、煤气罐、碗柜、房架子……大大小小的物件，叮叮当当地铺满了草地。我睡觉的两片床板，更是被他俩直接扔在大榆树下的一堆褐色土块上。

一夜未眠，我的眼神不济，脑袋瓜子晕乎乎，恍惚中听到两位挑蜂箱的老哥在讨论褐色土堆的属性。

瘦瘦的老哥说："哟，这是鸡粪吧。"

壮实的老哥弯下腰，仔细看了看，摇了摇头："不是鸡粪，是牛粪。"

"粪"字如雷贯耳，我的睡意霎时飞到九霄云外，匆匆忙忙地蹿到他们面前，企图抢救出我的床板。瘦瘦的老哥满不在乎地说："没事的，没事的，就放在这儿吧，牛粪又不臭。"

牛粪不臭？我："……！"

过了一天，刘大哥总算搞清楚了牛粪堆的来处。因为去年来此处打蜜的蜂农与附近的养牛专业户处得不好，所以今年养牛专业户趁着荆条开花前，贴心地送来了整整一大车新鲜肥沃的牛屁屁，倾倒在最适合扎帐篷的四棵大榆树底下。

结果，去年令他耿耿于怀的蜂农没有如期进场，我们误打误撞地背了锅，喜提了这份云集多种爬爬虫的"牛粪大礼包"！

等 雨

转场的日期确定下来后,新丽姐提醒我:"陈慧,如果你有什么要洗的大件,赶紧在这儿解决掉。到了荆条场地里,想用点水可就难喽。"

我不以为意:不会吧,那么大的一个北方,难道连条小溪也没有吗?

一旁的刘大哥听到我们的对话,歪着脑袋思索了一会儿,慢吞吞地说:"我记得驻地往前走一段有条大溪的嘛。"

我赶紧当了刘大哥的应声虫:"是的嘛,肯定会有小溪的。荆条生在山上,山水相连,有山的地方绝对有水。"

新丽姐无奈地摇摇头,说:"好吧,你们现在嘴犟,到时候就晓得我讲的话对不对了。"

六月二十三日晚九点半,我们自瓦房店市李店镇转向六百多公里外的北票市常河营乡。二十四日凌晨三点多,满载着蜂箱的货车抵达了目的地。此处的荆条场,刘大哥夫妻前后来过六七次，但早前取水的一户人家的主人因病去了沈阳就医，家中空无一人。所以，知悉了此事的刘大哥夫妻事先预备了满满一大桶的井水带到了常河营。

三个人，一百斤水，吃吃用用，即使很节约，大半天工夫，也见了底。取水的人家倒还有一户，就在我们蜂场东边三百米处。据刘大哥说，蜂蜜收购商已提前和这户人家打了招呼。

下午三点多，刘大哥夫妻俩一人提着塑料桶，一人推着小推车前去运水。结果十分钟不到，又回来了。北方乡村没有自来水，家家户户都是带水泵的深水井。这户人家养了十来头牛，深水井在牛棚旁，几根水管七七八八缠绕在一起，看不到头尾，水泵的开关也无迹可寻。看家的两位七十多岁的老人搞不清楚状况，儿子和儿媳都出门干活了，刘大哥夫妻初来乍到，不好轻举妄动，只得作罢。五点多，刘大哥夫妻再次前去，依然无功而返。

七点钟，刘大哥夫妻估摸着那户人家的儿子和儿媳下班了，又去了第三趟。这一次，总算得偿所愿。

吃的水有了，还差一条洗衣服的小溪。我和新丽姐骑着摩托车向东走了一段，山脚下果然有一条宽宽的溪道，应该就是刘大哥印象中的那条，但溪道中除了高高矮矮的野草，就是粗粝的沙土石块，干涸荒芜得没个正形。新丽姐说，只有到了汛期，山上的水才通通汇集到这条溪道里，那个时候嘛，溪水能一路流淌到河北边的青龙县。

我还是不服气，硬着头皮继续往前骑了五六里，拢共看见三条溪道，一律溪底向天。而且与第一条溪道相比，有过之而无不及。新丽姐咻咻地笑："我说常河营这边找不到一个洗衣服的溪道，你现在信了吧。"

小推车一次能绑两只容量五十公斤的塑料桶。由于桶口倾斜，即便盖紧桶盖，也是一路推，一路洒，到了蜂场外，水面已明显地浅了下去。蜂场进口到帐篷前的几十米是坑坑洼洼的"U"形坡，上下坡都不能掉以轻心。刘大哥撑住把手，新丽姐助攻，两个人百般小心，竭尽全力才能保证水桶安然无恙。

为了将就取水人家儿子儿媳的时间，刘大哥夫妻一次性带去四只塑料桶，分两趟拉回。往往拉完两趟水，他们俩已经汗流浃背，气喘吁吁。

这么大费周折弄回来的水，我怎么好意思大手大脚？手伸向水桶的同时，脑子里立马浮现出加大加粗的四个字：节约用水。第一次觉得水是如此的珍贵。

淘米的水继续洗菜，洗完了菜的水留在盆里洗锅碗瓢盆。不含洗洁精的水蓄在铁皮桶里，还要给刘大哥拎去蜂场一角喂蜜蜂。天太旱了，气温居高不下，找不到水源的蜜蜂们烦躁不安，不但霸占了小安的水碗，还把小安蜇得嗷嗷地蹿到床底下，一整天都没敢冒头。

夏天的衣服单薄，顶多沾了些汗水，算不上脏。泡沫丰富的洗衣液打入冷宫，换成容易漂洗的肥皂。洗好的衣服通常只漂两遍，心里也清楚漂得不彻底，但就是舍不得多用水。反正总比不洗干净吧。

漂衣服的水攒在桶里，刷好了鞋子后再冲洗便盆，最后的去向是与我们蜂场东首边相邻的田埂下。那里种着大片的玉米，大概是土层欠厚，挨不到正午，玉米叶全卷起来了，那奄奄一息的样子神似不可救药的痨病患者，让人揪心。我每天在田埂的不同位置倒水，可这点水于一眼望不到边、干得快冒烟的玉米地而言，好比一滴水珠落在沙漠里，眼睛眨了眨就消失得无影无踪。

我们西南边有井，长长的皮管从南边的树林里引出来，穿过马路伸向北边的玉米地，柴油机的轰鸣声不绝于耳。我牵着小安去散步，正好碰见地的主人在巡查水流的走向，问了问玉米地的面积，说是二十多亩。我在他的地头溜达了几步，看见最外围几行玉米垄里都布着长长的黑色管子。我很好奇，究竟什么样的井架得住浇这么多的地。地的主人很欣慰，表示这口斥资两千元打的井很成功，抽了一天一夜尚未完全见底。

玉米地干旱，还能创造条件缓一缓。荆条缺水，就指望老天开恩了。来北票前，刘大哥打了数通电话给当地熟人，询问降雨情况。得知六月的前半个月，常河营地区有一定的降雨量，不算太旱。荆条的花期长，前后开四十天左右，要想有个好收成，在荆条流蜜前必须下透雨。谁知自我们进场的第二日，气温高达三十六摄氏度，接连两三天，居高不下。帐篷前的荆条即使幸运地得到了大榆树的庇护，也被烤得无精打采，花苞干巴巴的，没有打开的迹象。刘大哥去驻地四周的山脚下察看了一番，回来时面色凝重，连连摇头，说再不下雨，荆条就没希望了。

因为热切地渴望雨水，刘大哥夫妻非常关注气象消息。我在他们的影响下，也频繁地翻看天气预报。然而，天气预报像川剧变脸似的，总是显示某个时间段有雷阵雨，几十分钟后再刷新，又消失得无影无踪，哄得我们白激动一场。

六月二十八日早上，太阳迟迟不现身，天空灰蒙蒙的，异常闷热。天气预报上的降雨概率达到了百分之六十七，从中午到半夜，至少有五个雷阵雨的节点。尽管我们对天气预报的准确度持严重怀疑的态度，但还是怀着喜忧参半的心情等待着。尤其是刘大哥，过一会儿就站到帐篷外，两手叉腰，抬起下巴，出神地眺望着西北边的山头。

山头上的云朵忽而轻薄，忽而厚重，忽而聚拢、忽而分散，像是存心吊人的胃口。

时间一小时一小时地流逝，预报中的前两个雷阵雨果然又临阵脱逃了。

下午三点多,我们驻地来了一对陌生的中年夫妻,也是在常河营打荆条蜜的蜂农,安徽人。他们的上一站是辽宁抚顺,虽比我们先来了三四天,但摇蜜机也还干着。"太旱了!太旱了!"那个面相慈厚的男人搓着粗糙的手掌,叹息连连。

我坐在一旁,静静地听他们和刘大哥夫妻说话:说蜂蜜的廉价;说今年蜂王浆的收购价被压到历史最低;说内蒙古下洼的荞麦近两年改良了品种,已经打不到蜜了;说养蜂业的溃散,年轻人不愿意吃这份苦,现存的一些蜂农还在低价转手自己的蜜蜂;说环境的恶劣,蜜蜂中毒严重时几乎全军覆没。说来说去,又回到最现实的问题上:雨水会不会来?

刘大哥回答:"看看样子,像是能下点雨。"顿了顿,他又补充道,"要是今天不下的话,往后又是连续一周的大晴天了。"

安徽夫妻走后,新丽姐快快不乐地说:"蜂王浆做了嘛,价格这么低;不做嘛,光把宝押在打蜜上,也行不通。雨水都没有,荆条哪里还能流蜜。这么一想,浑身没劲。"

直到傍晚时分,六棵大榆树的枝叶不约而同地晃动了起来,刘大哥的眼睛一亮。

雷声滚滚,沉闷有力,恶狠狠地徘徊在我们头顶上空。有几颗豆大的雨点像是憋不住了,重重地砸了下来,啪嗒有声。我大喜过望,欢呼雀跃:"下雨啦,下雨啦!"

可惜,我兴奋得还是太早。至多五分钟,雨点就莫名其妙地收住了。

刘大哥指着山头另一边铺天盖地的乌云,喃喃自语:"雨下到那里去了。那儿肯定在下大雨。"

我和新丽姐带着小安去马路上散步,向西直走了几百米,新丽姐摸摸脸颊上的水珠,狐疑地问我:"是不是下雨了?"

我看了看脚下,干燥的马路上真的多出了一个个圆圆的水印,而且越来越密集,越来越明显。

我拖着小安掉头就跑,欣喜万分:"下大雨啦!"

我们回到蜂场,刘大哥稳稳地坐在雨中,笑眯眯的。看得出他的心情相当愉悦。

这次的雨持续下了二十分钟,泥巴地面都微微湿润了。尽管缓解不了大地的饥渴,但总算是个形势向好的征兆。天渐渐暗下来了,风声刺刺,气温骤降。刘大哥信心十足地宣布:"夜里一定还会下雨的!"

想到躺在帐篷里的那种风大雨急的惊悚,我一边高兴,一边又眼巴巴地瞅着新丽姐,确认道:"是不是又要下吓得我不敢睡觉的雨了?"

新丽姐说:"如果雨真能大得你睡不着觉,那就太好了!"

我忐忑不安地走进自己的帐篷,翻来覆去许久,方迷迷糊糊地睡去。不知道过了多久,耳朵里忽然涌进此起彼伏的簌簌声——蜂农们企盼的雨，终于姗姗来临了！

就这样，在我们来到常河营的第六天，老天慈悲地赞助了一场雨。可对于这场来之不易的雨，刘大哥给出了八个字：好是好的，远远不够。

我很不服气："雨下了挺长时间呀，我帐篷里都积了两摊水。还不够吗？"

新丽姐说："你去看看我们旁边的那块玉米地吧。"

我屁颠屁颠地走过去，伸头一看，那些之前一直干巴的玉米叶，在享受了这样一轮雨水后，依旧可怜兮兮地卷着……

唉！这些人啊

赶集日，我和新丽姐去常河营乡购买生活物资。摩托车快开到集市的转弯处，新丽姐吩咐我向反方向拐弯——她想去前几年放过蜂的旧驻地转转，对照一下那边的荆条花苞。

北票市常河营乡这一片，刘大哥夫妻前后进驻过七次，但并不是每次都安置在同一地点。常河营的荆条蜜盛名在外，每年的六月底七月初，至少有四五十家蜂农陆续赶来。而荆条场地都被一些当地的蜂蜜收购商掌握在手中。但凡蜂农们想占据一席之地，就得通过他们提供确切的讯息并安排位置。作为回报，打出来的蜜自然不能卖给别人。

有蜂蜜收购商接应，利的一面，是完全不用担心无处可去；弊端，是蜂蜜的收购价完全由收购商说了算。如果当年出蜜量高，蜜价就下跌了。蜂农不想卖还不行，一桶桶的蜜，带着转场是人累赘。何况在没有零售的情况下，带着也白搭。反过来，如果当年的蜜价上浮，肯定是荆条形势不好。物以稀为贵嘛。

可量上不来，再贵又有什么用？所以，不管蜜价是贱还是贵，发财一事和蜂农没有任何关系，他们赚的无非是一份汗珠摔成八瓣的辛苦钱。

除了目前我们待着的名为"大坟圈"的驻地，刘大哥夫妻早前还在常河营乡辗转过三个荆条场。新丽姐此次重返的旧驻地位于一个前不着村后不着店的半山坡上，他们家二〇一七年和二〇一八年曾连续在此驻扎过两年。

旧驻地离常河营集市不远，摩托车开下去没多远，已经看到了两家相邻的蜂场。往年这节点，蜂场人更多。今年旱得厉害，部分蜂农未敢涉足此处。

岔路口的第一家门窗紧闭，蜂箱边不见人影，却有几只芦花鸡在帐篷前后悠闲地觅食。新丽姐羡慕地指着人家的鸡，说："早知道咱们要挨着牛粪堆住，养一群鸡就好了，虫子就没那么多、那么烦人了。"

蜂场一般都设在人迹罕至的旮旯或野草丛生的荒地里，虫子形形色色，不计其数。无毒的倒不打紧，大家相安无事。不慎招惹到了有毒的虫子，就很麻烦，火辣辣的，既痒又疼。新丽姐告诉我，鸡爱扒拉虫子吃，走来走去的动静可以惊退长虫（蛇），还能提供新鲜又有营养的鸡蛋。缺点是脏，爱随地拉屎。有一年，她养了十来只鸡鸭，吃了几个省份的虫子，眼瞅着快生蛋了，不想到了黑龙江的椴树场里，一夜工夫被野兽拖走了大半。深山老林，风高月黑，他们夫妻俩哪敢冒昧出去察看。打那次起，他们就没再养过鸡鸭。

说话间，我们已经到了旧驻地跟前。放眼四周，寂静空灵，起起伏伏的山坡上长满了高高矮矮的荆条。不知是土质的原因，还是气候的缘故，长势明显不如人意，花开得勉勉强强。新丽姐看了看旧驻地上的帐篷，又看看正在蜂箱边劳作的中年男女，忍不住感慨："这么猛的太阳，连一棵遮阴的大树也没有！"

见有人走近，中年男女不约而同地搁下手中的活计，默默杵在原地，向我们投来探究的目光。新丽姐开门见山地亮出同行的身份，他们的神情顿时放松了，汗津津的脸上绽放出明朗的笑容。

这是一对来自浙江金华的蜂农夫妻，接应他们的蜂蜜收购商和给我们安排场地的恰好是同一个人。他们上一站在大连普兰店打洋槐蜜，到常河营乡才三天。可就这短短三天里，竟有三拨不同的人赶来向他们讨要地皮费，蹊跷的是，每个人都一口咬定金华蜂农的蜂箱放在自家的地界上。

难怪见到我和新丽姐的第一眼，这对夫妻表现得那么局促不安。想必他们以为又来了第四拨"地主"呢。

虽然有蜂蜜收购商牵线搭桥，但到常河营来打蜜的蜂农都被当地人耍过蜂蜜，要过钱。要钱通常在大白天，蜂农若不情愿给，他们就再三缠磨，直搞得蜂农妥协为止。讨要蜂蜜大多趁着夜晚，大摇大摆地摸到帐篷里，或死皮赖脸，或直截了当，不达目的决不罢休。蜂农借地谋生，势单力薄，打也不能打，躲又躲不了，绝大多数不得不忍气吞声。

新丽姐问金华蜂农："你给他们钱了吗？"

金华蜂农苦笑着一摊手："怎么给？一块地怎么有三个主人呢？我已经打了电话给蜂蜜收购商，看他有什么解决的办法。"

金华蜂农的无奈，新丽姐能感同身受。二〇一七年的七月，刘大哥夫妻就是在这山坡上，被附近屯里的一个混社会的青年强讨了八百元。二〇一八年，头一年得逞了的小混混又来要走了五百元加二十斤蜂蜜。

新丽姐愤愤地说："蜂农太憋屈了，辛辛苦苦转个场，有没有好收成还是个未知数，迎头先上来一顿莫名其妙的欺压。算什么事呢？东北的荆条场这样，内蒙古的油菜花场也这样，他们算准了蜂农折腾不起。唉！这些人啊……"

金华蜂农无奈地笑："那可不是！我们去内蒙古打油菜花蜜，农场上的某些工人明明知道我们的蜜蜂没回家，故意去油菜地里打农药，为的就是要我们拿着蜂蜜去求他们。你不接梯子，人家有的是治你的法子。你能怎么着呢？没办法！只有低声下气。唉！这些人啊……"

下山的路上，新丽姐还在叹气："蜂蜜收购商有什么解决办法呢，即使他出面缴付了所谓场地费，最后结算蜂蜜款时照样会扣掉这笔钱。吃亏的还是蜂农！"

回到蜂场，素来寡言的刘大哥触景生情，忆起了一件他亲身经历的旧事。一九八二年三月，刘大哥从四川转场去河南某县采油菜花蜜。前脚赶到了目的地，后脚冷空气就突然降临，飘起了纷纷扬扬的雪花。清明节，天放晴了。四月，油菜花大流蜜，刘大哥的蜂场喜获丰收。收蜂蜜的老板很激动，逢人便大肆宣扬，说小刘打了多少多少蜜。这么一宣扬，很快坏事了。附近村庄的村民都拿着瓶瓶罐罐摸来刘大哥的帐篷里。刘大哥望着大大小小摊了一地的瓶瓶罐罐，一筹莫展：不答应吧，人家赖在蜂场不走，吵嚷得他无法正常干活；答应吧，讨要蜂蜜的人成群结队，没有上千斤都打发不了。关键时刻，有位好心人看不下去了，出面替刘大哥解了围，说蜂箱里的蜜还没上满，让村民们先把盛蜜的容器放在蜂场，等蜂蜜摇出来了，保证家家都有。

就这样，村民们暂时被哄走了。刘大哥左思右想，决定逃走。他悄悄联系好了货车司机，太阳一下山，立即紧锣密鼓地装车，抢在村民得到消息前，把所有东西统统搬上了货车。

远处的火把连成蜿蜒的长龙，那是气急败坏的村民们正从几里路外奋力追来。倘若被他们拦下货车，众怒难平，别的不说，一顿胖揍首先免不了。刘大哥连声催促司机离场。司机也被这么大的围剿阵势吓得目瞪口呆，抖抖索索地拧了几次车钥匙，货车都没启动成功。村民们越来越近，近得刘大哥能清清楚楚地看到领头那个人愤怒扭曲的脸庞。

最后的五十米，司机终于打着了火，发动机发出巨大的声响，像一头憋足劲儿的野牛，轰隆隆地往前直冲。那一刻，坐在副驾位子的刘大哥激动得热泪滚滚！

尽管过去了四十多年，从刘大哥低沉又克制的讲述中，依然能感受到其时的惊心动魄。四十年光阴荏苒，物是人非。或许有一部分当年参与围堵刘大哥的人已不在了，而活着的另一些人呢？他们是否也会在某个特定的时刻开启记忆的阀门，回想起自己举着火把疯狂地追赶着一位外地蜂农的片段？

就像四十多年后，仍然有伸手向蜂农要钱、要蜜的这批人。蜂农能怎么办呢？无非是叹着气，念叨一句："唉！这些人啊……"

与虫为伍

在大坟圈驻扎下来的第二天,新丽姐吩咐我:"陈慧,你晚上睡觉前一定要抖抖被褥。"

我有点蒙:"被褥铺得平平整整的,干吗要抖?"

新丽姐说:"夏天嘛,我们住的这地方又全是树木野草,可能会有长虫(蛇)爬进帐篷里来。"

我登时虎躯一震,头皮酥麻。低头看了看蜂场里毛绒地毯一样厚实、齐膝盖的杂草,再抬头望了望环绕帐篷四周高矮不一、郁郁葱葱的树木,瞬间清晰地感知到了山脚聚集着的那些海量的多足"原住民"的强大气息。

在山东徂徕山时,我已从几个蜂农邻居那里听到过一些和蛇有关的片段,但他们说得那么风轻云淡,且蛇又出现在东北的深山老林,也就没往心里去,总觉得那是别人的故事。

新丽姐也给我讲过她的亲身经历,在黑龙江,在吉林,妖艳斑斓的蛇随处可见,尤其在靠近水源的荫凉处,蛇要么像蚊香一样盘着，要么拉长了身子摊在草地上。尽管绝大部分都是无毒蛇，通常也不会主动攻击人，可如果没有绝对的胆量，实在达不到若无其事的境界。

新丽姐熟悉的一位蜂农同乡的妻子去溪流边洗衣服，被东一条西一条的蛇吓得面色煞白，当下就扔掉了手中的盆子，一溜烟跑回了帐篷里，从此不敢涉足小溪。但不去小溪就可以与蛇划清界限了吗？想得美，蛇这种柔软丝滑的生物，只要一点点缝隙，它就能无拘无束、长驱直入。新丽姐说，在椴树场里的一个月，就是手伸出去之前都要多多留意。有蜂农拧煤气灶的开关时摸到了蛇，有蜂农的被窝被蛇占领过，放在床底下的长筒胶鞋也是蛇热爱的"快捷酒店"，最常见的是蛇附在蜂箱盖内。东北温差大，白天热，夜间冷，而蜂箱里较为暖和，正合蛇的心意。所以，蜂农去开蜂箱时很讲究方法，左手按住身前的箱盖边沿，右手轻轻抬起箱盖的外侧，先稍稍开启一道窄窄的口子。此举既促使了蛇的适时离场，也保证了自己不会被蛇突兀地惊吓到。

二〇二〇年，吉林安图的椴树场里，中午时分，刘大哥夫妻正在午休。眯着眼打盹的新丽姐发现本来安安静静趴在床边的小黑狗猛然弹跳起身，夹着尾巴，死死盯着床底下，如临大敌。她立刻明白有蛇游进了帐篷，赶紧摇醒了熟睡的刘大哥。两人齐心合力挪开桌子、板凳、蜂蜜桶等一应物件，拆掉床板，忙乎了好半天,却遍寻不见蛇的身影。之后的几天,新丽姐战战兢兢,提心吊胆。约莫过了一周,那条黑黢黢、长一米多、粗细如小孩胳膊的大蛇终于当着刘大哥夫妻的面,大摇大摆地贴着帐篷的边儿游了出去。

二〇二一年,吉林汪清的红旗农场,当地的蜂王浆收购商把刘大哥夫妻安置在密林深处的椴树岭里。进场时,那个人口风很紧,等刘大哥夫妻辛辛苦苦地将蜂箱全挑下了车,他才透露了一个重要讯息:他的父亲(也是一位老蜂农)曾经在那个驻地附近遭遇过一头东北虎。幸好老虎的注意力在别处,他父亲屏住呼吸缩在大树背后,尿了一裤子。

蜂场已安顿妥当,椴树即将开花。明明知道有虎出没,刘大哥夫妻也只得硬着头皮驻扎下来。他们住的是林场闲置的一排矮平房,房子里铺着的预制板与地面有一个夹层。蛇从外面爬进来,轻车熟路地顺着预制板的缝隙潜入地下。蛇昂着脑袋自地下爬上来,又顺着预制板的缝隙去往外面的世界。"交通"繁忙时,竟然有四条蛇在那道缝隙里边造成了"拥堵"。两条想下去,两条要上来。忍无可忍的刘大哥撸起袖子拽住其中一条大蛇的尾巴,像拔河一样用力往外拉,拉出来一棒打死,顺手扔在蜂场不远处的草丛里。然后,死蛇的气味招来了一头觅食的野狼……

北票常河营的荆条场地里倒没有发生上述"精彩"。我只是在蜂场边看见过黄鼠狼、野兔、野鸡之类不具威胁性的小动物。六月二十八日清晨，刘大哥在蜂箱边的草丛中央发现了一条很规范的"通道"，他和新丽姐就通道的光滑程度争论了一番，一个说是来啃食蜂蜡的刺猬踩出的路，一个说是狐狸打此进出。具体是何方神圣，谁也拿不出确凿的证据。

我不怕刺猬，不怕狐狸，只要不是蛇就好了。草丛距我的帐篷不足二十米，倘若有蛇，难保它不到我的帐篷里来串串门。新丽姐安慰我，说万物生长离不开水，常河营如此干旱，地里的玉米秆子碰到火星子就能呼呼烧着了，想必蛇姑娘们也没办法生儿育女。

她的话有一定道理，但我只相信了两天。因为第三天的傍晚，我拉着小安在蜂场前的马路上散步时，路边赫然横陈着一条干瘪弯曲的蛇干。那蛇干拇指粗细，比筷子长不了多少，百分之九十以上是一条青春期的蛇少年。有蛇少年在，蛇爸蛇妈还会远吗？以我有限的生物知识，蛇少年断断不可能是独生子吧！

除了那条死相凄惨的蛇干，大坟圈驻地目前的主要特色是形形色色、无所不在的虫子们。

虫子也和人一样，有善恶之分。善的虫子居多，它们敏感柔弱，没有伤人之心，小心翼翼地从我们身边经过，又小心翼翼地潜进草丛里。有时候，它们也会摸进帐篷里，这里转一转，那里停一停。大概觉得我们这个不透气的组合房子远不如它们自己的露天世界那么惬意自在，很快又循着亮光，头也不回地爬了出去。

恶的虫子就不那么好相与了，仗着有毒性，仗着有利器，傲慢冷酷，野心勃勃，即使我们不去招惹它，它也能想办法到我们身上捞实惠。我去马路对面的树林蹲坑时被山蚂蚁咬过屁股蛋子，那叫一个火烧火燎。高温天气的那两天，帐篷里温度达到四十摄氏度，我中午待在树荫下乘凉时被牛虻咬过胳膊。牛虻是从东南边的养殖场赶过来的，狠狠咬了我一口后飞走了，也许觉得南方人的鲜血味道挺不错，隔天又兴兴头头地来咬了第二次。

有一种家在牛粪堆里的虫子最嚣张，尾部长着两根天线似的尖刺，会爬，也会飞，动作迅速。它们虫多势众，极具侵略性。篷布上、灶台上、杯子里、桌面上、碗橱中、床铺上……早早晚晚，浩浩荡荡。一旦它们降落在人身上，立刻毫不犹豫地吃一口。我裸露在裤腿下的小腿被这种虫子咬过多次，微微地疼，过后还留下一个黄豆大的红包作为它们"到此一游"的印记。

等到快变天了，天气预报都没有一种背部呈淡绿色的小虫子灵敏。刘大哥说是萤火虫，我观察了许久，觉得不像。谁也无法解释绿虫子的动机，反正下午一点半后，它们像听从了什么召唤似的,铺天盖地,锲而不舍地往帐篷里扑,扑得我们三个人满头满脸。有什么事只能打手势,一开声,一支激进的绿虫"小分队"立马闯进了嘴里。

一天中午,我平躺在床板上午休。帐篷里的温度高,床板太烫了。我翻个身向里,想散散背部的热气。不经意间一瞥,冷汗涔涔:妈呀!一条小拇指粗细的蜈蚣正款款地漫游在帐篷布上,距离我的鼻尖至多三十厘米。

某个夜里,睡得昏昏乎乎的我感到左小臂痒痒的,下意识伸手去挠。挠着,挠着,感觉不对劲。拧亮枕头边的手电筒一照,手腕上方拱出了大大小小几十个圆疙瘩。荒郊野外,深更半夜,再多的疙瘩也要耐着心等到天亮。值得庆幸的是,次日早上,那些批量生长出来的疙瘩又统一地消退了,只留下一片淡红色的斑点。这么大的阵势,怎么看都不像一只虫子的杰作。搞不好,是一群虫子相约在我的手臂上开了场狂欢派对。

咬人的虫子中最阴险的当数草爬子,草爬子学名蜱虫。被蜱虫咬过后,奇痒无比,少则三五天,多则几个月、几年。这东西的长相和虱子差不多,恐怖程度却远超虱子。有蜂农因它换过血,有蜂农因它丧了命。它能神不知鬼不觉地吸附到宿主的身上,不及时正确地移除,喝足了血的草爬子身体暴胀,堪比一颗饱满的大黑豆。

地区不同,草爬子的体型也略有差异。泰安徂徕山的草爬子和瓦房店蚂庙山的草爬子相比，明显要小一圈。瓦房店人把草爬子叫作"八几"，蚂庙山驻地四周是干燥的沙石地，只要原地不动，很少看到八几，除非蹚进草丛里。等到了北票常河营，帐篷直接搭在树丛边、野草上，不管我们愿不愿意，接不接受，成群结队的草爬子就在这里，虎视眈眈。我和新丽姐坐在帐篷边的大榆树下闲聊，新丽姐信手扯了脚边的一根软草叶子，上面赫然趴着一只！

我们蜂场里三人一狗，刘大哥和新丽姐在野外生活了多年，被多地的草爬子咬过无数次，即便在身上活捉了一只肚皮鼓鼓的草爬子，内心也毫无波澜。不像我，仅在蚂庙山被咬了一次，就慌得不行，生怕产生什么不良后果。至于小安，我带它出去散一次步，就要费心费力地为它全身清理一次：耳朵、眼眶、下巴、脖子、腋窝……凡是毛少皮薄的部位，都有可能成为草爬子的快乐大食堂。深受草爬子残害之苦的小安，只要我招招手，说一句"来，让我看看有没有草爬子"，立刻乖乖躺倒在地，任由我摆布。

经我的手消灭的草爬子数量已经很可观了，小安少受了许多老罪。但我却落下了两个严重的后遗症：第一，看到哪里有黑点，就忍不住伸手去抠；第二，发根、后颈、背部，无时无刻不在发痒，总觉得趴着一只正在吸血的草爬子。

蜂场来"客"

早上八点多,刘大哥和新丽姐去东边的山脚察看荆条花开放的进度,留下我和小安看守蜂场。

我把小安拴在帐篷边的大榆树上,专心致志地帮它捉拿草爬子。这时候,一辆拖拉机突然停在了蜂场前的马路边,也不熄火,就那样哐当哐当地聒噪着。我抬头看了看,开拖拉机的是一位七十岁上下的老先生,身穿一件颜色浑浊的套头汗衫,头发花白,胡子拉碴。他左手把着方向盘,右手招财猫似的朝着我连晃了好几下,用一种铿锵有力的、不容反驳的口吻招呼我:"嗨!嗨!你过来,过来——"

我一愣,一时捉摸不透这面孔黧黑的陌生老先生有何意图,但还是慢慢地站起身,冲着他回喊了过去:"你有什么事?"

"你们幺基吗?"

我被他问得一头雾水:"幺基?什么幺基?"

"母鸡嘛。"他的大嗓门在哐当哐当的柴油机声中脱颖而出,

"我家养的老母鸡嘛。"

哦,这不请自来的老先生是想向我推销他家养的老母鸡。

想着在这前不着村后不着店的山脚下还能吃到散养土鸡,简直不要太激动哦。我咽咽口水,三步并作两步蹦到拖拉机前,打算详细地了解一下纯正东北老母鸡的背景。可老先生兜售母鸡的行为大概比较即兴,问问鸡的重量,他不确定,"挺大的……吧。"问问鸡的价格,他还是没底,先讲十一二元一斤,话一出口又立即反悔,说上门收鸡的贩子也给十四五元一斤呢。我被他模棱两可的态度搞得一头雾水,扭头走开吧,舍不得放弃那只存在于我想象中的肥美老母鸡;继续交流吧,老先生嘟嘟囔囔、拉拉杂杂,总不得要领。正纠结间,刘大哥夫妻回来了。新丽姐问老先生为什么要卖掉母鸡,老先生满不在乎地解释道:"鸡养了好几个年头,太老啦——家里人都不愿意吃。"

哈……要是所有的生意人都如老先生这般坦诚,天底下就没有所谓奸商了。

也许是察觉出了新丽姐的犹豫,老先生的眼睛眨巴了几下,适当地调整了他的营销方案,表示我们可以不出现钱,用蜂蜜换老母鸡也行。

接下来,在老母鸡与蜂蜜如何交换的问题上,精明的老先生又是一番讨价还价,加加减减核算了两三遍,才敲定了交易,约好第二天早晨把老母鸡抓过来。

整个下午,我和新丽姐围绕着一只既不知在何处也不知何种模样的老母鸡展开热烈商讨,最后决定半只炖清汤,半只做地锅鸡。

第二天正好是常河营乡三天一次的赶集日,要是没有昨儿那老先生的应允,我和新丽姐早赶集去了。新丽姐说,等一会儿吧,等老先生把母鸡抓来了,看看鸡到底有多重,如果块头小小的,我们就去集市上买点豆子啊、土豆啊、青椒啊什么的当当配菜。

我们等啊等,不停地跑到蜂场外的马路边上张望,可老先生和他的母鸡迟迟不见踪影。眼看再等下去,常河营的集市都快散了,我和新丽姐只好先去赶集。走之前,新丽姐还特地嘱咐刘大哥好生接待送母鸡来的老先生,千万别怠慢了人家。结果,我们从集市返回了,期待中的老母鸡依然杳无音信。我们一边眼巴巴地等到天黑,一边为没有信守承诺的老先生寻找理由:也许他没抓得住老母鸡呢?也许他今天忙着浇地呢?也许他出门办要紧事去了呢?也许……反正不管是哪个"也许",勾出了我们肚子里馋虫的东北老先生再也不从我们蜂场外走过了,鲜香老母鸡的事情自然没了下文,害得我和新丽姐白白策划了一场。

除了这个空口大白话的老先生,还有一位想卖鹅给我们的中年男人。他骑着一辆轻便型的摩托车，后座两边各挂着一只方方正正、关着大白鹅的铁笼子。在上个驻地的后半个月，新丽姐倒是计划着买两只大白鹅——不是吃鹅肉，而是为了避蛇。当时我们尚未明确追花的下一站究竟去哪里，一位性情相投的蜂农同乡又极力邀请刘大哥和他们家一起去黑龙江采椴树蜜。刘大哥夫妻早几年去过黑龙江，在深山老林里曾与各种各样的花蛇狭路相逢，新丽姐心有余悸地说："要是去黑龙江采椴树的话，必须买两只大鹅带上。"鹅的粪便能腐蚀蛇皮，有大鹅在蜂场四周走来走去，蛇就不敢轻易露头了。

但常河营地区干旱缺水，荆条场地相对干净安全一些，远没有椴树场里大蛇横陈的惊悚，我们也没有买大白鹅的必要了。

中年男人劝道："你们可以买只大鹅吃肉的呀！"

我和新丽姐不约而同地摇了摇头。说不清什么原因，鸡肉鸭肉我都能接受，唯独觉得大白鹅这样美丽有灵性的生物不该成为饭桌上的一道菜。

我们在大坟圈驻扎下来的第四天中午，一辆黑色的小轿车停在了我们的帐篷前。有位三十多岁的男人下了车，试探性地问我们要不要买鱼。

大气那么热，他斯斯文文，全身上下没有半点鱼贩子的迹象，会有什么鱼卖给我们呢？

男人在我们好奇的目光中打开了后备厢，里面有全套的钓鱼设备和一网兜的大鱼。我高兴极了——不是为了乍然而现的鱼，而是为了这个男人钓鱼的地方。新丽姐说整个常河营找不到一条洗衣服的河流，我偏生不信，这个年轻男人和他的鱼恰好是有力的佐证。我两眼放光地问："你从哪儿钓来的这些鱼？"

"水库里。"

哇！有水库。我兴奋极了："下次你去钓鱼的时候能不能捎带我一程，我要去水库那边洗点衣服。"

"那不行的。"

"有什么不行？不白搭你的车子，会付油钱的。"

年轻男人搔搔后脑勺，说："不是油钱的事，水库有点远。"

我不以为意："能有多远？"

"六七十里。"

我的脸不受控制地垮下了。新丽姐咯咯地笑。

好吧！当我没说。水库里洗衣服固然更方便，可一个来回要上百里路，也是相当夸张了。

从年轻人展示给我们的一网兜白鲢里，新丽姐挑了一条四五斤重的，付了二十元钱。就是那条二十元的白鲢，带来了我好几天的幸福感。如果在浙东家中，吃条淡水鱼再平常不过了。但在人生地不熟，干涸得看不见任何水源的辽西，窝在山脚下住简易帐篷的我们还能吃到新鲜的野生鱼，这是多么珍贵的享受!

卖鱼的前脚刚走,卖豆腐的大叔后脚接上了趟。他家在东南方向的屯子里,可每次都是从马路西头过来,开着突突响的旧摩托车,用力吹着哨子。

起初我并不明白哨音是常河营地区卖豆腐的专用"暗语"。当尖锐的哨音第一次划过我们蜂场时,坐在帐篷里的我还对着新丽姐大发感慨:"别看常河营乡整体面貌不咋的,交警倒是蛮认真负责的。咱们前面这条公路这么冷清,他们还坚持来巡逻。"

话一出口,新丽姐"扑哧"一声笑了:"什么交警呀,人家是卖豆腐的。"

北方的豆腐细腻、鲜嫩,有浓浓的豆香味儿,百吃不厌。所以,只要一听到长长的哨音,我马上取了大碗去马路边候着。有好几天,口哨声没如常响起,我还很纳闷。新丽姐说:"人家在别处又不是卖不完,有什么必要绕来这个冷角落,我们能买多少豆腐呢。"

那天傍晚,熟悉的口哨音再次响起了,虽然囤的菜还很多,我还是兴冲冲地跑上马路,叫住了卖豆腐的大叔。我没有现钱,想手机支付,他却没有收款二维码。我让他等着,准备回帐篷找钢镚儿,他不迭地摆手:"真没有零钱的话,下次补上也行。"

我说:"你又不天天从这里走,万一下次忘记了呢?"

他很灿烂地笑着:"忘记就算了嘛,一块豆腐而已。"

我匆匆跑进刘大哥夫妻的帐篷里翻出了两元钱，把钱递给他："大叔，你老不来，我很惦记你呢。我们在常河营还要待一个多月，这些日子你尽量来这条路上转一下。你做的豆腐这么好，我们回南方了，就没机会吃了。"

他连连点头，小眼睛眯成了一道缝儿。

隔天早上，天蒙蒙亮，我们都还没起床，蜂场外就响起了一声接一声的口哨声——卖豆腐的大叔居然真来了。早饭桌上，新丽姐忍不住说："这个人太实在了，我们顶多买了四块钱的豆腐，他还放心上了……"

不知不觉中，我们已在常河营逗留了半个月。这半个月内多是阳光灿烂的大晴天，但我们的太阳能的蓄电量一直显示电量不够。新丽姐把太阳能板挪动了好几次，放在光照时间最长的位置。刘大哥仔细地检查了电瓶以及逆变器的开关和接口，也没找出什么明显的毛病。按说这套充电设备还很新，是五月中旬在徂徕山的洋槐场里买的。当时原先的电瓶存不住电了，新丽姐本想去化马湾乡买一只同款回来替换，恰好有一辆卖太阳能配件的货车来到我们蜂场。长着一张长脸的业务员拿着仪器检测过后，直截了当地申明旧电瓶报废了。

蜂农在野外生活，照明、头灯、手机充电等全仰仗于电瓶和逆变器。新丽姐为长远打算，把报废了的旧电瓶换成了大容量的新电瓶，如此旧的逆变器和新电瓶配不上套了。在长脸业务员的极力游说下，新丽姐索性又入手了新的逆变器。

更换掉整套充电设备，刘大哥其实不太愿意，但是长脸业务员太能讲了，滔滔不绝，口水四溅，让刘大哥觉得拒绝的话实在过意不去。

两个月不到的时间，电瓶和逆变器的状态就不太稳定了，可新丽姐当时忘记留下长脸业务员的电话，想联系他都没有办法。大前天，天阴沉沉的，电瓶的电量掉到历史最低，刘大哥把逆变器上的开关揿得吧吧响，小声地埋怨起了那个卖货给我们的长脸业务员。新丽姐说："啊呀，你现在说这个有什么用呢？徂徕山到常河营近两千里路，人家还能再找到咱们这儿来吗？"

我坐在门边，听他俩嘀嘀咕咕。这时候，一辆奶白色的厢式货车缓缓地滑到蜂场前的马路上。一个戴着鸭舌帽的年轻人打开副驾驶室的门，跳下了车，扬声问道："师傅，你们要买电瓶吗？"

不看帽子下的脸，光听声音，我已认出了来者：他就是在徂徕山卖货给我们的长脸业务员！

相 亲

对相亲这件事,我绝对十二万分地上心,每天顶着火辣辣的大太阳,带着小安往小河南家至少跑三回。要不是新丽姐怕我太不识趣,要招人家烦,我恨不得一天去八回。

"小河南"是离我们驻地最近的一户蜂农,比我们晚来常河营半个月。我没询问过他的名字,只听说他们夫妻是河南商丘人,都比我小一两岁,所以背地里管他叫小河南。我们在大连瓦房店时,小河南夫妻在辽宁抚顺。我们自瓦房店转到常河营乡赶荆条花期,小河南夫妻去黑龙江五常打椴树蜜。可惜今年五常的椴树虚有其表,明明花开得像模像样,却迟迟不流蜜。小河南夫妻拢共在那儿待了二十天,非但没有丁点儿收成,反倒饲喂了蜜蜂两大桶从抚顺带去的洋槐蜜。眼见时间一天天流逝,再在椴树场里干耗着也于事无补,他们不得不调整方向,迂回到常河营的荆条场。

听小河南的口气,常河营乡也算是他的老根据地,陆陆续续来过多年。今年的场地是老梁出面联系的,面积不大,背靠玉米地,窄窄的一溜儿,一百来只蜂箱放在里手边有点挤。帐篷靠着大路,人坐在帐篷里,一人多高的玉米就像尽忠尽职的侍卫一样将后门堵得密不透风。养眼归养眼,热是真热!

住在那样一块地方,最舒坦的是小河南家的两只母鸡。母鸡放养着,无拘无束,一会儿窜到马路对面的草丛里叽叽咕咕,一会儿在帐篷四周不紧不慢地扒拉着,一会儿又头也不回地钻进了广阔的青纱帐。小河南说,在吉林那么多天,鸡蛋一只都没见到过,"它们出去玩,就把蛋生外面啦——"

除了两只逍遥赛神仙的母鸡,小河南家还有一条花狗。狗坐拥两只旧蜂箱钉成的独栋别墅,脖子上拖着的细铁链系在帐篷外侧的一棵小榆树上。那儿等于蜂场的入口,但凡有人想走进来,必定要接受花狗的检阅。

蜂农在外谋生,一般都会养狗,一条是标配,多则两三条。在山东徂徕山,短短七八里路集聚着十多家蜂场,每家的帐篷旁都少不了一条狗。长期被禁足的狗孤僻暴戾,阴郁凶狠,像易燃易爆的煤气罐。我偶尔去几位近邻家串门子,还未来得及与主人打照面,那家的狗先声嘶力竭地狂吠起来。哪怕主人再三呵斥,都很难平息它们的怒火。

我从浙江出发时也带着一条四个月大的公狗小安。在东台的油菜花场,我一心要给它自由,可它还没快乐几日,就中毒了。整整一周,它什么也不吃,仅舔食少量的水,佝偻成了一副骨头架子,虚弱得打个喷嚏都能把自己狠狠掼倒在地。它可怜兮兮地缩在泡沫箱里,鼻尖干燥,气若游丝。我不停地撸着它的小脑袋鼓励它:"小安,努力吧。你好不容易托生到这个世上,还没尝到恋爱的滋味就死翘翘了,多划不来呀。只要你活下来,咱们顺顺利利地跑完一圈回浙江家里,我一准儿给你盖房子,娶老婆……"

彼时我和刘大哥夫妻相处时间还短,在另一只帐篷干活的刘大哥听到我对狗的允诺,忧心忡忡地问新丽姐:"跟着我们出来的这个女人的精神是不是有问题?怎么老和狗说话?"

或许是中毒后遗症,或许是兽医用药过量,小安虽死里逃生,两只眼睛却看不到了。我们在徂徕山的洋槐场紧靠着一条狭窄的、川流不息的盘山公路,每当我把双目失明的小安牵到马路牙子下方的沙土地里,恰巧又有重型货车轰隆隆地开过,它都会惊恐地赖在原地,一动也不敢动。

事实上,生命远比我们猜想的要瓷实。转场到了大连瓦房店,小安的左眼奇迹般地恢复了,右眼球虽然还灰蒙蒙的,但也有了明显的光感。狗无法言语,只能用行动表达自己的激动。之前无论去哪里,小安一直畏畏缩缩地跟在我身后,在重新拥有了光明后——哪怕它眼里的这个世界还是不完全的,也足以令它欣喜若狂。在瓦房店的一个月,悠闲清净,我带着小安没完没了地散步，空荡荡的马路上和苍茫广阔的玉米地里遍布我们的足迹。它蹦蹦跳跳往前冲冲冲，仿佛有使不完的劲儿，把我扯得跌跌撞撞。

在常河营乡，它差一点就能拥有一个固定玩伴，那是我们取水的一户人家的土狗。可惜，它们刚结识了两天，那条面相憨厚的土狗被飞驰的车辆碾死在马路上。本来我还想着解开锁链，由着小安在蜂场周边随意溜达，这么一来，彻底断了放养它的念头。它晚上睡在我的帐篷外，早上转移到蜂场东南边的大榆树下。大榆树下的泥土松软潮湿，好歹给它增添了一项挖洞的乐趣。它孜孜不倦地挖呀挖呀挖，爪子上糊满泥巴。挖累了，颓然地往地上一躺，幽怨地盯着我。

它实在太无聊了！所以，我一看到小河南家的花母狗，立刻打起了小算盘：论门当户对，大家都是资深的蜂农家庭。论外貌体格，小安是正儿八经的铁包金，花狗是白底黄花的基础款，双方个头相差无几。差距稍微大一些的是年龄，小安八个月不到，花狗两岁多了。可只要它们两个看对了眼，年龄应该也不是问题。

我假借散步的由头，牵着小安频繁地出现在小河南家蜂场外，给两只狗制造碰面的机会。按照我的设想：一只英俊的小公狗，一只单身的小母狗，即使达不到一见钟情的炽热，也会产生怦然心动的温柔。可惜我的设想过于美好了，小安一走近小河南家，就自顾自伸长脖子在草地上东闻西嗅，不时陶醉地吧唧着嘴——后来我才看清楚，它舔食的是小河南家母鸡拉的鸡屎！而本应发挥看家护院作用的花狗冷着一张三角形的脸，无动于衷。

我勒紧小安的链子，尽量把它往花狗面前送。正专心致志"寻宝"的小安领悟不了我的苦心，兀自沉浸在自己的乐趣中。花狗木然地待在自己的别墅内，对眼前的一切恍若未闻。我牵线搭桥了好半天，未见成效，只得暂且把呆头呆脑的小安拽回了家。

两只狗第二次相亲是在午后。这一次，小安貌似有点开窍了，围着花狗迈起小碎步，嘴巴咧到耳朵根子，吐出半截子舌头。可花狗偏偏会错了意，以为小安是图它跟前的大半碗面条。那是小河南的妻子给它准备的午饭，它没怎么吃，但坚决护食，不住地冲着小安龇牙。

之后几日的一系列会面依然是无功而返。我撺掇小安主动出击，又谄媚地呼喊花狗的名字"花虎"，像个使出浑身解数的媒婆，为两个始终不来电的主角儿操碎了心。

好吧！就算小安愚钝，那小河南家的花狗又是怎么回事呢？它明明是孤单、郁郁寡欢的，却始终冷若冰霜，拒不接纳一份近在咫尺的热情。

我找小河南的妻子刨根问底："你们家花虎是哪里抓来的？"

小河南的妻子说:"常河营啊,我们原来老东家的大狗生的。"

"那它天天这样心事重重的,是不是想它妈妈了?"

"不会吧。"小河南的妻子诧异地说道,"它到我们蜂场时就一点点大,能记得什么呢。"

"那它……谈过恋爱吗?"

"谈恋爱?"小河南的妻子"扑哧"一声笑了,"它前年还真和那边屯子里的一只大狗相好过。我们那会儿没拴着它,它像丢了魂儿似的,天天往屯子里窜,叫都叫不回来。后来要转场嘛,我们就把它抓回来上了绑。它惦记着相好的大狗,气鼓鼓地闹绝食,几天不吃饭,我把香喷喷的肉块硬塞进它的嘴里,它都吐出来。可把我恼火死了!"

"后来呢?"

"后来……后来它怀了狗崽儿,一胎生了六只。我们最后一站离老家近,在安徽亳州的一个药材基地,那儿有点花能给蜜蜂越冬。十二月份,我老公把蜜蜂们安顿好,回商丘家里住了几天,等他再回到蜂场,小狗崽竟然全死了。"

"小狗崽死了?怎么死了呢?"

小河南的妻子摇摇头:"蜂场上没人,谁知道呢。冬天太冷了,大狗又瘦又干巴,奶水少少的,六只小狗怎么喂得饱……反正……反正就东一只西一只地死在它的身边。"

我和小河南妻子讲这些时,花虎安静地趴在几米外的小榆树下。我不知道它是否听懂了我们的对话,虽然它看上去那么沉默,好像什么也不懂,好像什么也不在乎。

难采的蜜

午饭桌上,刘大哥提起了去内蒙古油菜花场的同行,说那边的形势不如往年,去了二十来天只打了三道蜜。

收成不佳,部分是气温低的缘故,部分是外力的干扰。为了提高菜籽产量,农场会在油菜开花后使用激素,使本来四五十天的花期缩短一半,早日坐果。喷洒激素的机器安装在拖拉机两侧,像巨人的手臂一样向外展开,总长度不低于二十米,农场的工人操纵着它在田间作业,几乎没有一株油菜花能逃脱得了它的荼毒。激素药今天打了,油菜花明天就不流蜜了。蜂农心急如焚,却束手无策。

技术发达了,人们化被动为主动,轻而易举地改变了花朵的本性。从经济收入上讲,应该算好事。从自然环境的角度看,谁又能说得准呢?

早些时候,大部分蜂农都乐意北上赶油菜花期。内蒙古的油菜花分早晚批次,周期长,出蜜量高,最主要的是,花朵向天，花心浅，不伤蜜蜂。但近几年因为大范围打药，蜜量锐减，去内蒙古的蜂农少了很多。许多蜂农不得不舍弃不费蜜蜂的油菜，选择了常河营相对难采的荆条——荆条的花朵细密，蜜蜂不采到上千朵，都装不满自己的嗉囊。

油菜之外，还有荞麦。十多年前，刘大哥夫妻去内蒙古库伦旗打荞麦蜜，那时的小荞麦矮矮的，秆子发红，流蜜好。慢慢地，小荞麦逐渐退出，农民们大面积改种了亩产高、流蜜却远不如小荞麦的白秆大荞麦。

新丽姐感慨："抛开别的不谈，正儿八经的好蜜还是椴树和荆条，至少它们不打药。"

走东北线的蜂农都希望去采椴树蜜。椴树上蜜好，易高产，但椴树开花恰恰是东北雨季开始之际，天气很不稳定。新丽姐把去椴树场比作"赌一把"，押到了温度适宜的大晴天，甩开膀子苦干半个月就能抓到一笔不错的收入；反过来，天公不作美，亏得连路费都凑不齐。二〇二一年五月底，刘大哥夫妻去延边汪清县打椴树蜜，前期干旱，椴树花开得不好，熬到后期，花好不容易上来了，却又阴雨绵绵。他们在那里白白蹲守一个多月。

我们第三次转场前，刘大哥原本计划着和同乡结伴去吉林采椴树蜜。他的想法是：椴树前两年都不尽如人意，搞不好今年会咸鱼翻身，来个大丰收。

幸亏刘大哥夫妻最终舍弃了采椴树蜜的念头，直接从瓦房店的洋槐场转到常河营的荆条场。据几位七月初从椴树场退过来的蜂农邻居透露，吉林的椴树花开得倒是很好，可不知什么原因，始终没有流蜜的迹象。

相比于椴树的非赢则亏，采荆条似乎更稳妥一些。北票的荆条蜜盛名在外，往年至少有四五十户蜂农前来报到。今年的椴树不理想，提前退场的蜂农通通挤到了常河营乡，人数额外多出了一半。赶集日，小小的常河营集市上聚集了好几十个外地口音的蜂农，猪肉贩把排骨的单价都抬上去了三块钱。

我们刚来的头几天，十几里路内只我们一家蜂场，刘大哥夫妻望着蜂场后方几座青翠碧绿的山头，信心满满。若是荆条花次第开放，蜜源势必非常充足，蜜蜂们可就有的忙了。吃罢晚饭，我和新丽姐喜欢沿着蜂场外的马路溜达一圈，不管是向东走，还是向西走，新丽姐只要一看到有蜜蜂趴在紫色的荆条花上，便兴致勃勃地给我引荐："喏，这是我们家的小蜜蜂！"

然而没过多久，先是西头的杨树林里搬来了一户江西蜂农。紧接着，东边的玉米地边又出现了一户河南蜂农，两家距离我们大约都一里路。于是，我们蜂场沦落成了夹心饼干中间的那一层馅。我们再出门散步时，新丽姐仔细地端详着流连在荆条花朵上的蜜蜂，就不那么笃定了，只会犹犹豫豫地猜测："唉——这蜜蜂也不晓得是不是我们家的。"

反正不管是谁家的蜜蜂，在燥热干旱的常河营，也只能勉强自保。六月初的雨水没有下透，气温又一路飙升到三十八九摄氏度。荆条虽然耐旱，但得不到足够的雨水滋润，先开花的只有部分老荆条。蜜源有限，蜂蜜收购商还把场地安排得这么紧凑，刘大哥甚是郁闷。新丽姐宽慰他："最起码，我们的场地要比他们的好。"这种局面下，就看自家的蜜蜂了。

我们的蜜蜂在山东徂徕山的洋槐场里中了松花粉的毒，损耗很大，去瓦房店的洋槐场里繁殖了一个月，蜂量有一定增长，但并未达到理想的状态。倘是几位近邻的蜜蜂群势比我们的强，上花期，蜜源充足，我们的蜜蜂还有可能与它们打个平手。花朵递减的下花期，我们的蜜蜂肯定抢不过人家。

蜂蜜收购商拨给我们的驻地叫大坟圈，是常河营乡出了名的稳产高产区，曾有蜂农在此创造了一个花期一箱打三百斤蜜的超高纪录。新丽姐指着驻地左边的玉米地告诉我，她家原先在这儿的一年，周围还全是一蓬蓬的荆条。几年没来，大量荆条已被砍伐殆尽，取而代之的是一眼望不到头的玉米地。

不光荒地被开垦了，连附近的山坡也通通种上了玉米。我骑摩托车带新丽姐去常河营赶集，拢共七八里路，她感慨了好几次："喏，这里，这里——还有那边的几个山坡，本来都长满了荆条。开花时，整个山头紫莹莹的，可漂亮了。现在统统被开了荒，种上了玉米。要是荆条照这样的速度逐年减少，以后蜂农就更难了。"顿了顿，她又有些气馁地说："蜂农这一行的钱不好挣，养蜜蜂的人只会越来越少。管它呢！"

蜜源受限，气候变差，这二者都是蜂农回避不了的事实。每年的最后一个花期结束，都有蜂农就地低价处理掉自己的蜜蜂，从此告别这个靠天吃饭的行业。

有十来天的时间，刘大哥不停地刷着天气预报。天气预报总是显示有阵雨，但期望中的雨一再地临阵逃脱。荆条分早晚，前期的老荆条先开了花，急需一场大雨，后期的新荆条才能接上力。

早早晚晚，刘大哥都跑出蜂场查看荆条的花势。有一天，这个积累了三十多年养蜂经验的老蜂农心里竟没了底，和新丽姐说，他想爬到后面的山头上确认一下，那些矮矮的绿植究竟是不是荆条。

新丽姐强烈反对，山坡陡峭，杂草丛生，连条路都没有。太危险了！刘大哥嘴上答应不去，背着我们还是偷偷摸摸地上去了。从山上下来后，他心里踏实了。山上的确是嫩荆条没错，只是因为缺水，花苞无法抽发。

蜂蜜收购商第一次来我们蜂场送盛蜜的大铁皮桶，刘大哥是拒绝的，在新丽姐的劝说下，他勉勉强强留下了两只。最早最热的几天，刘大哥做出了月底撤退的打算。

幸好大雨在最要紧的关头降临了。有了雨水的滋润，荆条花顿时鲜活了起来,可紧随其后的西北风让刘大哥舒展的双眉再次拧紧。西北风呼呼地肆虐了一场,花朵纷纷飘落。等到风刮远了,温度又骤降到需要套上厚厚的夹克。而灰色的云朵连日徘徊在我们的头顶上,天空阴晴不定,之前求而不得的雨水在午后接二连三地造访。

荆条花下午流蜜,雨点一飘,外面采蜜的小蜜蜂们不得不飞回家中。

蜜蜂采荆条蜜,不能太旱,不能雨水太多,不能刮风,不能阴天,气温不能太高,也不能太低……用一波三折来形容常河营的这个荆条花期,再贴切不过。但无论如何,有收成就是好事。

上午半天,刘大哥夫妻坐在帐篷里做蜂王浆,不时低声交流,说说蜂蜜的价格,说说荆条的花期,说说蜂箱中的螨虫,说说未来半个月的天气,说说回家的日子,也说说几百公里外的椴树林……尽管椴树接连三年不利好,刘大哥依然对它情有独钟。

上礼拜,有个常年在黑龙江双鸭山搞人参种植的吉林人,到蜂农群里发布消息,说他承包的山林对外出租,只要预缴三千元,明年就可以去他的椴树林占据一席之位。刘大哥心动不已。可气候变得越来越捉摸不透了,还有十一二个月,谁知道来年会怎么样呢?

热

气温最高的那几天,刘大哥早早起床,斩下一捧捧的细枝条堆在蜂箱盖上。依我看,这样的"隔热层"能发挥的作用微乎其微。因为严重缺水,常河营的热是实打实的干热,火辣辣的太阳光锥子一样直直地钉下来,覆盖在蜂箱上的枝条和软草很快就蔫巴巴了,晒到下午五点左右(这地方八点半天黑),枝条转了颜色,树叶软草用手轻轻一捻,立刻咯咯吱吱地碎成了末子。

上午十点后,蒙着油布的蜂箱盖子摸起来都是滚烫的。正午时分,素来以勤劳为本的蜜蜂们也暂停了劳动,老老实实地待在蜂箱中。蜂箱长五十一厘米,宽四十一厘米,高六十厘米。正常情况下,一套蜂箱里的蜜蜂总数量在七万只左右。酷暑之下,这么多的蜜蜂集聚在这么狭小的空间,难道它们就不怕热吗?

新丽姐说:"当然怕。高温危及幼虫,甚至给整个族群带来危险。一旦蜂箱的温度超出了正常阈值,它们就会尽快想办法降温。"

"蜜蜂还能自主控温？"

"是的。"新丽姐肯定地点点头，"它们用翅膀扇风。"

光靠小翅膀扇风还不够。新丽姐又指了指相邻两只蜂箱之间贴近地面的那道缝隙，说道："一部分蜜蜂会从蜂箱里爬出来，找个通风口乘凉。它们还需要把水背进蜂巢里。"

蜜蜂是变温昆虫，只要蜂箱里的湿度一增加，体温马上就下降。为了方便它们就近取水，刘大哥把一只盛满清水的铁皮桶放在蜂场边上，又在水里斜插了几根长长的供蜜蜂落脚的树枝。我当时还存疑，觉得蜜蜂的身躯那么小，能背得了多少水呢。可只过了一天一夜，铁皮桶里的水就明显地浅了下去。刘大哥说，蜜蜂应该是在飞行范围内采到水了。不然，这一桶水都不够它们背。

我不清楚蜜蜂飞出去究竟找到了哪些水源，反正在蜂场范围里，诸如刚刚晾晒起来的、尚在滴水的衣服，洗过脸的盆子，洗锅洗碗的抹布和清洁球，用于打水的吊桶，舀水的塑料勺……一系列与水沾到边的物件都成了它们的目标，甚至连小安喝水的家伙也被它们霸占了。

小安喝水的家伙出自新丽姐之手。在江苏东台时，新丽姐把一只旧的塑料水桶剪开，有嘴子的那三分之二倒插进盛蜂蜜的大铁桶当了漏斗，剩余的三分之一，她拎在手上左右环顾了一圈，果断地替换掉了小安原先喝水的小瓷碗——塑料家伙装水多，不怕摔，小安能喝得尽兴，转场的时候带着也方便。

就这么着，扔在垃圾堆里都没人捡的、短短一截子塑料水桶底座，竟然跟着我们一路北上，抵达了遥远的辽宁北票常河营乡。

考虑到小安怕热，深色的皮毛又容易遭到蜜蜂们的围攻，我们把它安排在蜂场左边的大榆树下。它睡觉的木头箱子、吃饭的铝皮碗和喝水的塑料家伙自然也放在那里。满以为这样独守一隅的安排能让小安高枕无忧。结果，三十七八摄氏度的天气里，一小股蜜蜂偏偏无视刘大哥特地给它们准备的专用水源，成群结队地窜到小安的塑料"大碗"里来抢水。

小安在蜂场生活了近四个月，多次领教过蜜蜂的毒针，早明白这些毛茸茸的小虫子是惹不起的主儿。纵然口渴难耐，它都小心翼翼地避在一边，毕恭毕敬。没办法，我重新为小安开通了一条喝水的"绿色通道"，也不敢和抢水的蜜蜂正面硬刚，它们发起狂来，可不管你姓甚名谁，而且蜇人的痛感会连升三级。

一天下午，我去给在蜂箱边摇蜜的新丽姐送度表（检测蜂蜜浓度的玻璃器具），手伸出去的一瞬间，一只蜜蜂忽然撞在了我左手无名指上。我下意识地一甩——到底是晚了。挨蜇的一瞬间，我虎躯一震，左胳膊不受控制地哆嗦了起来。之前的三个场地，我隔三岔五地被蜜蜂的尾针宠幸一回，一两天就没事了。但这一次,我的手背肿得如同发面馒头,三天三夜无法握拳。无名指像针扎一样,没完没了地胀疼发麻。新丽姐替我分析,第一是恰好蜇在了指关节上了。第二嘛,天热,蜜蜂攻击性强,毒性大。她跟着刘大哥养了二十多年的蜜蜂,积累了丰富的被蜇经验,每次我被蜇了,她瞄一眼,就能准确地判断出恢复的时间。这一回,她捏着我的无名指看了看,说:"起码得十天。"

打荆条蜜一般是午后。拢共一百二十只蜂箱,有二十箱放在大榆树底下,打蜜时,人还能免受曝晒之苦,另外的一百只蜂箱则完全暴露在明晃晃的大太阳底下。我曾提议在蜂箱边撑一把大阳伞,新丽姐说,打蜜不是固定在一处,一个人抖脾(把蜂箱里的蜂巢挨个儿取出,抖掉爬在上面的蜜蜂),一个人摇蜜,每完成两箱,就要向前搬动摇蜜机,再腾出手去摆弄大阳伞,太费事了。

酷暑之下,刘大哥夫妻戴着防护帽,套着袖套,在蜂箱边默默地忙碌着。用不了多大会儿,两个人就热得满脸通红,上衣全湿透了。敏感的蜜蜂嗅到了他们身上的汗味,嘤嘤嗡嗡,上下翻飞,格外凶狠。

高温天气使蜜蜂的性情变得暴戾,小安的日子也不舒坦。把它系在大榆树下吧,抢水的蜜蜂蜇得它鼻青脸肿。把它系在远离我们的角落吧,从小习惯于和人待在一起的它不停地嗷嗷鬼叫。把它系进我的帐篷里吧，它呼哧呼哧地吐着舌头，喘得像个严重的肺气肿患者。

帐篷这种简易房子，不冷不热的季节住着还马马虎虎。六月底七月初，常河营的最高温度达到了三十九摄氏度——这是天气预报显示的数字。实际上，我帐篷内悬挂着的温度计上的红线停留在四十二摄氏度上几小时都不带动弹。接受阳光洗礼的铁皮房架子烫得跟炒菜的热油锅似的，我不小心蹭了一下，顿时龇牙咧嘴。

二〇一九年，刘大哥夫妻的蜂场安置在常河营乡太平沟附近的半山腰上，四周清一色的矮丛荆条，没有一棵能遮阴的树木，从早到晚，耀眼的阳光立体环绕地照射着帐篷，热得刘大哥都是光着膀子躺在地上午休。

相比于难忘的二〇一九年，刘大哥夫妻对今年这个驻地还算满意，毕竟旁边长着几棵茂盛的大榆树。这些大榆树的树冠交错相握，形成了一张天然的"遮阳网"。要是帐篷能搭在大榆树下，气温再怎么飙升，我们都不会太遭罪。可惜，在我们转场到大坟圈前，不知道哪位有心的村民已经把一大堆（两千斤）牛粪堆积在大榆树下。手工铲掉牛粪是不现实的！刘大哥夫妻不得不退而求其次，把两顶帐篷并排搭在大榆树的边缘。

帐篷搭建完毕后，我审时度势，抄起铁锹在大榆树下铲出了一块干净的地盘。在高温持续输出的那一段，帐篷里闷热难耐,太阳能板带动的一只微型电风扇充其量是友情客串。我们三个人吃顿午饭,汗珠子甩成了八瓣,等不及最后一口饭咽下肚,赶紧各自搬着小马扎坐到榆树下去透气。

大榆树的树荫好归好,却是众多虫子的领地,毛毛虫、牛虻、隐翅虫、蜱虫……总有一款能在瞬息之间将我身上的热汗化成冷汗。刘大哥在野外待惯了,见怪不怪,顺手把拉水的小推车放平,垫两只蜂箱盖子,仰面睡倒,貌似也很惬意。我自认没有他的胆量,在"燥热"和"虫子"之间权衡了一番,还是硬着头皮选择了帐篷。一走进帐篷,就如同钻进了桑拿房,头昏脑涨。眯着眼睛躺在热烘烘的木头床板上,背脊下面像搁着烧得正旺的火盆,即使一动不动,汗水也淙淙流淌。我时而觉得自己是一只即将出笼的大包子,时而感到自己是一块正在慢慢融化的巧克力。

常常有人说"心静自然凉",我想,说这话的人一定没有体验过高温下的帐篷生活。倘若让他在万里无云、树叶儿纹丝不动的中午,躺进四十二摄氏度的帐篷里,估计他就会重新评估这五个字的可信度了。

爱笑的老朱

老朱先后六次光临过我们蜂场。

第一次相当于毛遂自荐。我们那时刚转场到常河营乡，高温加干旱，一切毫无头绪。中午时分，老朱不请自来，骑着一辆突突作响的摩托车，大大方方地停在了我们蜂场外的马路边上。在我们默默的注视中，他昂首挺胸地走进了帐篷里，脸上堆满了笑容。那自信、热情又熟稔的姿态，就好像他是刘大哥夫妻许久未曾谋面的老朋友。

见有人造访，新丽姐赶紧递上一张小马扎，刘大哥习惯性地掏出了香烟盒。蜂农辗转在外，恪守"来者是客"的理念，不管上门的人是认识的还是不认识的，都会以礼相待。

老朱第一次在蜂场待了二十来分钟。那二十来分钟主要用于自我介绍：他一九七九年进入村里的合作社，养过两年的蜂，先后去过南方的几个县市，其中包括浙江绍兴。从合作社退出后，自己单干，有四十多年的养蜂资历，年年包赚不亏。大概是为了突出自己出色的养蜂技艺,他还将刘大哥认识的一位江西籍蜂农拉出来作比较。说江西蜂农去年的工作做得不到位,他去现场指正过,但那人没有及时采纳他的建议,一个荆条花期下来,大部分的蜂群都被蜂螨吃瘫了。讲完了江西蜂农的失败事例,他话锋一转,表示自己家目前有八十多箱蜜蜂,考虑到荆条花期七月底结束后,没有其他主蜜粉源,短期内只有零星的草花可采,而且北方的冬天时间长,在明年五月份的洋槐花开之前的这段时间里,估计得往蜜蜂身上投入两万元左右的饲喂成本,他有意低价转让掉一部分的蜂群。

新丽姐听了他的话,婉转拒绝:"我们夫妻俩能力有限,手上的这一百来箱蜜蜂也差不多了。"

推销未能一次成功,老朱不着痕迹地终止了话题。指间的一支烟抽完,他起身告辞,走之前热忱地邀请我们去他家做客。他说他家不远,在常河营乡新立屯村委会后面,离我们的驻地十来里路。

几天后的下午五点多,老朱第二次来访,脸上的笑容和第一次像一个模板刻出来的,一分不多,一分不少。未等刘大哥夫妻开口,他抢先表明自己是去乡里办事,顺道来串个门子。这一次,照例是他滔滔不绝地讲,刘大哥夫妻安安静静地听。他着重叙述了自己与来常河营打荆条蜜的外地蜂农的友谊——

他口中的友谊似乎还是围绕着买蜂展开的：哪一年，谁谁买了他的蜜蜂，买得多的人，他还额外多送两箱云云。津津有味地讲完了，他开门见山地问刘大哥夫妻，愿不愿意买他的蜜蜂——保证箱箱是强群，到手就能打到蜜。

刘大哥笑而不语，新丽姐礼貌性地应了一句："改天去你家看看蜜蜂吧。"

闻听此言，老朱眼睛一亮，嘴巴咧到了耳根："那你一定要去啊！"

待他的摩托车远去后，刘大哥轻声地叮嘱新丽姐："我们又不想买他的蜜蜂，听他吹吹牛即可，别多搭话。"

新丽姐不以为意："去看看又没关系的。大家都是干这一行的，难道他还能硬塞给我们不成？"

在买蜜蜂这件事上，新丽姐的想法很简单。价格合理，蜂群强，子脾好（蜂王产卵量大），适当买一些扩充"兵力"。反之，就当带着土作家陈慧去开开眼，见识见识正宗的东北人家。

隔了两天，我骑着摩托车带新丽姐去蜂场西首的姜家店超市里买生活用品。付钱时，新丽姐问超市老板娘，附近是否住着一位姓朱的养蜂人。老板娘歪着脑袋想了想，含含糊糊地说："好像有这么一个人，具体长什么模样，倒不清楚。"

出了超市人门，新丽姐让我顺着姜家店超市前唯一的水泥路往上直走，看是不是能找到老朱家。水泥路遍布裂缝，坑坑洼洼。我们呼啦啦地骑下去十里路，中途在两个岔道口伸头探脑了一番，终于还是无功而返。

大约过了一星期，笑盈盈的老朱第三次登门。得知我们已经去找过一趟他家了，他更是眉飞色舞，报出了自己的电话号码，详细地把他家的地点告诉了新丽姐。并且他一再强调他的蜜蜂打理得干净无螨，随时欢迎去考察，买不买蜜蜂无所谓，有缘相识了，当朋友走动也无妨。

气氛一步步烘托到了这个份儿上，别说新丽姐生出了一探究竟的心思，我都想去老朱家看看了。七月二十七日那天，气温不高，刘大哥夫妻没有什么要紧的活计，午后四点多，我和新丽姐一起去老朱家。这一次我们没跑偏，在新立屯村委会前问了一个村民，顺利地摸进了老朱家的院子。

院子很大，标准的四方形，拾掇得清清爽爽。摆放整齐的蜂箱之外，就是井井有条的菜园子。

老朱两口子正在打蜜。老朱抖脾，他的老伴甩蜜。新丽姐在几排蜂箱间来回走动，不时俯下身凝视着蜂箱的进出口。我对蜜蜂知之甚少，只是觉得老朱家的蜜蜂比刘大哥家的蜜蜂颜色要深一些。问了问，原来是蜂王的缘故。老朱家的蜂王是蜜王，刘大哥家的蜂王是浆王。蜜王的后代喜欢采蜜，浆王产的卵孵化出的蜜蜂则倾向于吐浆。做蜂王浆要移虫，蜂王产下的卵堪比最小号的针孔。老朱六十九岁了，视力有所下降，没有做王浆的条件了，只能侧重于蜜王。

趁着新丽姐和老朱交流蜜蜂经，我在老朱家的菜园子里前后左右地溜达了个遍。园子里的韭菜、番茄、青椒、芹菜、茄子、草莓，各就各位，长得新鲜水灵。豇豆和黄瓜攀爬的几只架子搭建得结实均匀，很见功底。心思不缜密的人，还真干不出这么出挑的活计。

第一排蜂箱的近前种着的几株矮矮的植物，很像我小时候在苏中平原上吃过的灯笼果。老朱的老伴也叫不出这种植物的名字，说是从邻居家拿来的种子——邻居家嫁在外乡的女儿回娘家时带来的，邻居种植成功了，又把种子分给老朱的老伴。

老朱的老伴短头发，个子不高，嗓音嘎嘣脆。摇好了蜜，她招呼我和新丽姐进屋。一进门，左右两口大柴火灶，一口灶连着一张炕。右边房间里的炕和南方的床差不多的尺寸，左边的房间占了屋子的二分之一，炕又宽又长，目测能一次性躺十来个人。房间的墙壁上悬挂着几只婚纱照的相框。老朱的老伴指着照片中长相神似老朱的年轻男孩子，自豪地说："我儿子。"

老朱两口子有一儿一女。女儿初中毕业后外出打工，和一位河南籍的同事看对眼，远嫁郑州快二十年了。儿子大学毕业后去了陕西工作，娶了土生土长的陕西女孩，也在陕西定居七八年了。路远迢迢，儿女们过春节时才回常河营小住几日，平日里只通通电话。

我问老朱的老伴："你们老两口去过郑州的女儿女婿家吗？"

老朱的老伴摇摇头。

我又问："陕西的儿子儿媳那儿总去过吧？"

老朱的老伴依旧摇摇头。

我诧异地说："儿女们都在外地这么多年了，爹妈怎么能不去看看呢？"

一旁的老朱瓮声瓮气地说道："我们走了，家里这些蜜蜂咋办？这东西跟养鸡养狗不一样，指望不上外人。"

老朱的老伴叹了口气，说："我要是把他留下，奔儿子女儿去吧，他一个人在家忙得怕是连饭都吃不上。要是他和儿子女儿团圆去，我一个人在家也不行。我跟他过了这么多年，三十亩地的活儿难不倒我，就是这蜜蜂我弄不了。我打小怕这玩意儿，心里瘆得慌，顶多帮他摇摇蜜，别的一概不行。"

絮絮叨叨地拉了会儿家常，我和新丽姐往屋外走。老朱的老伴一手提着一只大西葫芦跟了上来，非要我们拿着，推让之间，她又扭头吩咐老朱："你去园子里给人家揪点菜呗。"

我们连连摆手，还未来得及制止，老朱已迅捷地跑进了菜园子，摘了两三根黄瓜、三四只茄子，连同两只沉甸甸的大西葫芦，一并送到我摩托车后座的框子里。

新丽姐是个重情义的人，来之前，她抱着无所谓的心态。

可老朱夫妻如此慷慨好客，她反而不好意思说不买蜜蜂了。她问老朱："少量买点行不行？"

老朱想也没想，满口应承："多少不论，一箱起售。"

回到蜂场，刘大哥问起老朱蜂场的状况，新丽姐如实回答："蜜蜂没有老朱自个儿讲的那么好。"

刘大哥说："如果群势真的不理想，就不要勉强买了。"

新丽姐说："人家都巴巴地上门三回了。我们去他家，两口子还送了一堆菜，现在反悔，怪难为情的。买五箱试试吧。"

过了一天，老朱笑吟吟地赶来了，与刘大哥夫妻落实好价格，敲定了七月三十一日一手交钱，一手交蜂。他再三承诺会挑最好的蜜蜂，每只蜂箱里配有两只刚交配成功的新王，选定的蜂箱不摇蜜了，把里面的存货留给我们蜂场。交易达成了，他还乐呵呵地帮我们算了个账：蜜蜂到手，一箱蜂当日笃定能摇十斤蜜，这就是收入。减去这笔收入，蜜蜂的价格其实也不贵了。

七月三十日，气温适宜，比和老朱约定的日子提前了一天。刘大哥吩咐新丽姐："你不用动手，叫老朱挑出五箱蜜蜂。自己养的蜂，哪一群好，哪一群差，他心里自然有数。"

下午五点，我和新丽姐抵达了老朱家。老朱夫妻在摇蜜，看到我们，明显地一愣，瞬间脸上又堆满了笑容。新丽姐诚恳地让老朱帮忙选蜜蜂，老朱说："这还有什么好选的，我养的蜂每一群都好。"

老朱的老伴也应声附和道:"来我们家买蜜蜂的人,从来不用选,你要哪一箱也不吃亏。"

既然老两口言辞凿凿,新丽姐当然不便再坚持。她大略地抽了一些子脾瞧了瞧,翻了五箱的盖子做了记号。按照上次说好的:卖蜜蜂,不卖箱子。老朱开三轮摩托先把五箱蜜蜂送去我们的驻地。两天后,他再来取回刘大哥腾出来的空箱子。

辽西地区昼长夜短,五点多,天色大亮着,蜜蜂们还在外采蜜。我和新丽姐只好先进屋等着,老朱的老伴陪着我们有一搭没一搭地闲聊,老朱独自待在屋外干活,没有进来。

六点半,老朱的老伴催着装车。因为他们家的三轮摩托车老旧破败,大灯瞎了,她不放心老朱摸黑开车。这个点上,蜜蜂们陆陆续续返回了。老朱将新丽姐翻了盖子的五箱蜜蜂扎好,拎上了车厢。一到蜂场,新丽姐马上付了钱。老朱笑嘻嘻地接过,说了几句客气话,轰隆隆地开车走了。

隔日早上,刘大哥着手腾出了老朱家的箱子。五箱蜂,一箱蜂量少,两箱摇空了蜜,一箱少了一只蜂王,一箱竟然没有蜂王。刘大哥皱着眉头问新丽姐:"这是怎么回事?你昨天就没开箱看看?"

新丽姐诧异地说:"我当时看子脾还可以呀。"

刘大哥摇摇头:"看了怎么会这样子呢?"

新丽姐想了想，说："我们翻了蜂箱盖子就进屋等了，就老朱在院子里待着。"

刘大哥当即拨打了老朱的电话，问他为什么不守信用，送来的蜜蜂与他一开始说的相去甚远。

老朱在电话的那一头一口咬定他不知道蜂王少了，并振振有词地辩白："你们讲好七月三十一号来嘛，我三十号自然可以摇蜜。"说完，利索地掐断了电话。

刘大哥再回拨过去，已打不通了。

放下电话的刘大哥憋了一肚子的气，要去老朱家当面对质。等我发动摩托车，他又朝我摆摆手，说："算了吧，不去了。"

我不服气地问他："咱们占着理，为什么不去？"

刘大哥无奈地笑笑："在人家的地盘上，闹僵了，对我们反而不利。老朱不还要来拿他的蜂箱子嘛，到时候再讲。"

老朱最后一次来我们蜂场，全程板着脸，目不斜视。前五次，他笑得那么亲切生动，像朵盛放在墙头上的大喇叭花似的。乍一变脸，我都不确定是不是同一个人。他一声不吭地把地上的五套蜂箱搬进车厢。

刘大哥喊他："老朱，你进帐篷坐坐，我有话和你说。"

"我和你没什么好说！"老朱生硬地扔下了这句话，发动三轮摩托车，头也不回地走了。

目 送

东北的白日长。热情似火的太阳和多情缠绵的晚霞都对人间恋恋不舍,迟迟不愿隐去。晚上八点半,天幕才徐徐闭合。

七月三十日晚七点十分,我们三个人正坐在帐篷外享受着凉风,忽然有两辆摩托车呼啦啦地从驻地前掠过,奔着常河营的方向去了。眼尖的新丽姐轻声地说:"今天西边有蜂农出场了。"

我不解地问:"你怎么知道的?"

新丽姐笑笑:"那两辆摩托车的后座不都绑着扁担嘛。这个时间点,蜂箱挑上了车,也装妥当了,差不多要出发了。"

我跟着刘大哥夫妻转过四次场。从江苏东台到山东泰安的那次是阴雨天,在外采蜜的蜜蜂们被豆大的雨点悉数赶回了箱中,得以提前装好了车,下午三点就上路了。另外两次是在傍晚。吃罢了午饭,我们七手八脚地拆掉帐篷,把所有的空件装在货车车厢的最前部。装空件比装蜂箱麻烦多了。蜂箱方方正正,只要一排一层地依次码好即可。空件大小不一,形状各异,为了合理地利用到车厢的每一寸空间，确保行车中的稳定性，"总参谋"刘大哥每次都要费心地忙碌近三个小时。空件装毕，胜利在望。我们大大地松一口气，挑个遮阴的地方坐等蜜蜂下班。往车厢里挑蜂箱很讲究时机。过早了不行——蜜蜂们不到点不回家；太晚了也不行——归了巢的蜜蜂们感觉到了"房子"的震动，会重新飞出来，不管不顾地追着蜇人。

从瓦房店转场到常河营的那天，因为当地请不到挑蜂箱的帮工，刘大哥夫妻不得不亲自上阵。一百二十套高箱，先是一人一根扁担，一担一担地挑，挑了大半后，实在没力气了，只能合二人之力，一套一套地往车厢里抬。一些本该休息了的蜜蜂们烦不胜烦，气咻咻地飞出蜂箱，追着刘大哥夫妻上下左右地猛蜇，新丽姐不得不抬一担就停下来喷一圈艾烟分散它们的注意力。如此一来，出场在无形中延后了两个小时。

早些年，去瓦房店打洋槐蜜的慈溪蜂农还有好几家。刘大哥夫妻进出蚂庙山的当天，只要提前知会一声，大家都会骑着摩托车准时到场帮忙。这几年，慈溪蜂农的数量逐渐减少，一些人上了年纪，养不动了；一些人厌倦了这种靠天吃饭的活法，连箱子带蜜蜂一次性转让掉。还有一小拨中老年人，都不知道该不该定义为"蜂农"了，他们正常地上着班，又没有完全放弃养蜂，利用每天的边角料时间打埋着三五十群蜜蜂。蜂群少，自然不必辛苦地追花逐蜜，一年到头都蹲在一处不动或小幅度地挪个窝。如果当地的蜜粉源充足，酌情打点蜜；如果摇蜜的条件不够，就单做蜂王浆。

这些半打工半养蜂的人，其实也是这个行业里最纠结的人。前半生风餐露宿的经历，不是一下子就能放得下的。他们看似安静地守在家乡，却习惯性地惦念着外省的花期。我们每到一处，刘大哥的手机都会陆陆续续地收到他们的信息：花开得怎么样？气候如何？收成好不好？……表面上，风轻云淡。实际上，还是心有不甘，借着问候的由头，窥探着他们后半生可能再也无法重新启动的漂泊生活。

新丽姐调皮，爱开玩笑，往往会对刘大哥说："你就告诉他们外面的花期好得不得了，让他们眼馋，干着急。"

刘大哥抿嘴一笑，摇头不语。

七点半，我和新丽姐拉着小安在蜂场外的马路上散步，西边又过来了两辆突突响的摩托车。看着开摩托车的男人头上熟悉的面纱帽子，不用新丽姐点明，我也知道今天又有一家蜂农出场了。

新丽姐指了指那两辆摩托车的车牌："都是'赣'字开头，应该是在常河营周边放蜂的江西蜂农，特地来姜家店（我们蜂场西头的一个村落）那边帮老乡转场的。"

我问："常河营不是能雇到挑蜂箱的工人吗？"

新丽姐说:"眼下嘛,花几百块钱雇两个挑蜂箱的工人自然行得通。从前养蜂,数量多的人家,两夫妻根本应付不了,装车卸车全靠同行互帮互助。蜂农这支队伍,尽管是来自五湖四海的杂牌军,凝聚力还是蛮强的。不光是同乡自愿来帮,哪怕别的省份出来的陌生蜂农,只要上门去打个招呼,人家都乐于伸出援手。打个比方,若是我们要转场了,去请小河南或胖子来相帮一把,他们肯定不会推托。"

小河南和胖子是我们在常河营乡的两个蜂农邻居。每天晚饭后,我和新丽姐拉着小安在蜂场外的马路上溜溜达达,往东去一里多路是小河南家,往西走一里多路就到了胖子家。

小河南的老婆瘦高个儿,扎着马尾辫,讲话细声细气。她说她不喜欢当蜂农,但她老公中意这种自由自在的谋生方式,她不得不陪着。他们家有两个儿子,初中没毕业就外出打工了,坚决不跟着父母养蜂。小河南养蜜蜂的手艺是跟小舅子学来的,前后养了十多年蜂了。

七月初,小河南家刚在常河营站稳脚跟,他的小舅子家也搬来了,两家离得不远,走动得很勤。不是小河南去小舅子家帮忙,就是小舅子来小河南这边搭把手。不用打蜜的日子,夫妻俩干脆锁了帐篷门。问问他两口子跑去哪里了,小河南哈哈一笑,说"找兄弟们喝酒去了"。小河南的兄弟不只是小舅子一人,另外还有几个私交甚好的蜂农,他们隔些日子碰个头,几户人家聚在一起，宰两三只向当地村民买来的正宗溜达鸡，吃吃喝喝。

胖子是个五十岁出头的江西人，矮矮胖胖，半秃顶。他在河北的荆条场地里打了八道蜜，转到常河营来的主要目的是让蜂群繁殖和换掉能力衰退的蜂王。胖子身边没有家属，但养了三条狗。新丽姐说，他这个年龄嘛，妻子一定是待在老家照管孙子孙女，没办法和他一起出来养蜂了。

给胖子安排场地的蜂蜜收购商和帮我们安排场地的不是同一个人。胖子的蜂场位置挺好，在马路边的一片大杨树林中，杨树林茂盛浓密，即使是暴热的正午，毒辣的太阳光都难以穿透如盖的树冠。我们去西边散步，胖子的帐篷门敞开着，深邃斑驳的林荫下，里面的景象不明。杨树林外围靠近马路的出口处总是放着一把黑褐色的折叠式躺椅，我们却一次也没看见有人躺在上面。坐镇蜂场的狗听到动静，高声地嚷嚷着，一只狗被拴在帐篷一侧的暗处，毛色模糊，叫声却最凄厉。两只矮脚花狗是自由的，凶巴巴地冲出来，追着我们咬几十米，再一步三回头地退回去。

胖子的行迹就在我们的眼皮子底下——他如果往东去，我们驻地前的马路是他的必经之路。他外出的频率似乎很高。有一两回，天已经快黑了，他才和另一个人并排骑着摩托车从东边过来，一边骑车，一边大声地讲着我听不懂的方言。待他那胖大的身影飘远，新丽姐说，这个人怕是跑到老乡那里聚餐了。顿了顿，新丽姐又感慨道："一个人在外面，其实也怪不容易的。手上有活干吧，倒不觉得难熬。闲下来了，身边连个说话的人都没有，难怪他不爱守在帐篷里。"

八点，我和新丽姐结束了散步，牵着小安慢吞吞地往回走了几步，脚底板突然感受到马路的轻颤。敏锐的新丽姐赶紧把我扯到路边："拉蜜蜂的货车出来了！"

我勒紧小安脖子上的链子，站定，望向西边。白日将尽，淡淡的夜色不动声色地弥散。眼前的世界朦朦胧胧，虚虚实实，如在水最深处，如在时光最幽远处。

新丽姐说，这次转场的两户人家都是去赶内蒙古的荞麦花期。北票常河营距内蒙古不过三四百公里，他们家几年前去过，天黑出发，一切顺利的话，半夜里就能抵达目的地了。

说话间，橙色的灯柱牵引着两辆红色的高栏货车，一前一后，缓缓驶来，仿佛正承受着这世间的万钧之重。当满载的货车与我们擦肩而过时，发动机发出闷雷般的轰鸣声，热浪汹涌。我仰起头，看见了高高叠起的蜂箱，看见了一条条绷紧的宽绑带，看见了悬挂在车栏板外的搭帐篷的钢管，呆呆地目送着两辆车渐渐融入无垠的寂静中。

想起我们的每一次转场，三个人别别扭扭地挤在狭小的驾驶室里。这两辆远去的红色货车上，坐着的又是什么样的人呢？当红色的货车停在了一望无际的荞麦地中间，皎洁的月光与洁白的荞麦花交相辉映，天地间白茫茫的一片，一定像极了一场提前落在人间的雪。

新丽姐

新丽姐五十岁,中等身材,齐耳短发,肤白,圆脸,展颜一笑,嘴角的梨涡若隐若现。她开朗活泼,角度清奇的见解常常令我一时无语,却又忍俊不禁。

第三次转场前,我屁颠屁颠地向她打探情况:"姐,东北那儿有什么特色?"

答曰:"光棍多。"

我:"……"

晚饭吃罢,我们俩结伴去蜂场外遛狗,小安闷着头东闻西嗅,不时从草丛里淘出点不明不白的东西含在嘴里,陶醉地咀嚼着。我揪住它的脖子生气地数落:"混球!家里干干净净的香肠拌粥和狗粮你没眼看,偏偏要捡脏不拉几的垃圾!"

新丽姐气定神闲地看着我叫嚣,慢悠悠地插了一句:"你别怪狗呀,它自己用心找的食儿吃起来更香嘛——"

我:"……"

在瓦房店蚂庙山脚下逗留的三十几天，蜂场周边玉米地里的野鸡数量多，胆子大，尤其是五彩斑斓的公野鸡，早早晚晚，大摇大摆地站在洋槐树的枝杈上，亢奋的聒噪声塞满了我的耳道，烦不胜烦。我抱怨道："这些讨厌的公野鸡怎么活得这么高兴！"

新丽姐抬起手臂虚虚画了个半圆，说："方圆几百亩的玉米地，吃不完的嫩芽儿，抓不完的肥蚂蚱，既有母野鸡陪伴着，还是农民轻易不敢招惹的国家级保护动物，它们有什么理由不高兴呢？"

我："……"

瓦房店的洋槐花结束后，我们的蜜蜂大军搬到北票的常河营乡采荆条蜜。常河营的驻地不但野草茂盛密集，帐篷左侧还摊着一大堆来路不明、面目可憎的牛粪。陆陆续续下了几场小雨，本已干结的牛粪又返潮了，一大拨善与不善的虫子应运而生，成了我们亲爱的友邻。

有天晚上，我正在帐篷里洗脚，隔壁帐篷里的新丽姐忽然厉声斥责起来："哼！外面天大地大，真没有你待的一块地儿吗？非要跑到这儿来找不自在！太不识相了！看我怎么收拾你！"

我心里一惊："坏了！莫非新丽姐和刘大哥闹矛盾啦？"

蜂场坐落在远离村庄的山脚下，拢共我们三人。万一他俩吵得激烈了，我该过去劝解呢，还是躺下装睡呢？

我屏住呼吸,怔怔了一会儿,又听到她在喊:"快点快点,它逃到里半边去了,这家伙屁股上长着尖刺,蜇人可疼了。老刘,你把被子拎起来抖一抖,我就不信我拍不死它。"

呃……竟然只是在围剿一只倒霉的小虫子。

回想起我和刘大哥夫妻前年冬天在慈溪农业局首次见面时,新丽姐可不是这般精灵古怪。她穿一件齐膝的藏青色呢子大衣,脖颈间系着彩色的丝巾,头发梳得一丝不苟,眼神犀利,手中的皮包轻轻往办公桌上一放,朝我点点头,顿时一股扑面而来的压迫感。

北上追花的第一站是江苏东台,在弶港镇的半个月,我们双方还处于生疏阶段,我自然不敢轻举妄动。刘大哥夫妻有事吩咐,我就中规中矩地照办。要是他们不讲话,我也小心翼翼地闭着嘴巴。日常之事无非三件:骑摩托车去八里小镇采购物资,和新丽姐结伴去附近的村民家取饮用水或洗衣服,做些烧烧煮煮的细碎活儿。除此之外,就是安静地待在帐篷里写写文章、撸撸狗。

转场山东泰安前的一个上午,我主动帮刘大哥夫妻钳蜂王浆里的幼虫。春日的阳光把帐篷里孵得暖洋洋的,帐篷外铺陈着一望无际的、金灿灿的油菜花,我们三个人围坐在一起,不知不觉地打开了话匣子,聊到了一些我压根儿没思量到的细节。

原来,在金汤东先生从中穿针引线把我和刘大哥夫妻"撮合"到一条道上后,刘大哥夫妻的蜂农朋友围绕着这件事七嘴八舌,各抒己见。有说我别有用心,钻进蜂农中间做卧底记者,想摸清行业内幕。有说我和某蜂农有私情,故而借着随蜂农出行的由头暗通款曲。有说我是文绉绉的娇客,肩不挑担,手不提篮,难保不拖蜂农的后腿。还有说我不本分,心血来潮,把老公孩子轻飘飘地扔下(我起初在刘大哥夫妻面前隐瞒了单亲妈妈的身份,他们的蜂农朋友并不知道我离了婚),只顾自己在外面撒欢……总之,你一言我一语,搅得刘大哥顾虑重重。

还未正式见面,刘大哥已将我代入了流言拼凑出来的形象,产生了抵触之心。好在新丽姐重承诺,有主见,她对刘大哥说:"我们都亲口应承了人家,怎么能说反悔就反悔呢?再一个,人家好歹是出过书的作家,就算糟糕,又能糟糕到什么地步呢?退一步讲,她真是个举止放浪的人,我们到时把话挑明,原路遣回她也不迟嘛。"

我知悉了刘大哥对我冷淡的缘故,反而大大地松了口气,对"临时三人组"日后的行程充满信心。我这个人嘛,手脚勤快又有眼色,不无厘头,也不强硬,在陌生环境下往往能很快获得同伴的认可。不过,人与人之间的关系绝不是靠单方面的低眉顺眼维持局面,我的追花之旅能如此圆满,新丽姐功不可没。

刘大哥极富边界感,轻易不与我搭话。风餐露宿的小常识基本上都是仰仗新丽姐指导我。简易帐篷没有钢筋水泥的稳定性，疾风暴雨来临了，真是吓死人！新丽姐知道我胆小，气候一反常，她早早差刘大哥将我的帐篷负重、压实，里面加绑上几只沉甸甸的蜂蜜桶，好使我住得心安些。

在山东安顿下来的第二天，新丽姐就特地抓来了一只活的草爬子给我当教材，一再叮嘱我去树林里蹲坑时要仔细铲平脚边的野草，晚上擦澡断断不可马虎，对皮肤上横空凸出的小黑点要多加留意。她和刘大哥放蜂的这些年，被多地的草爬子吃过"自助餐"。这东西恶毒，它神不知鬼不觉地附体，不单单是吸一口血么简单，有些即使当场被正法了，注入人体的毒素还要折磨宿主好几年。

过了几天，一只草爬子好死不死地叮上了新丽姐的腹部。虽然她也很恼火，第一反应却不是击毙侵略者，而是热情洋溢地邀请我现场观摩："喏！看到了吧，这就是吃到半饱的草爬子。如果它吸血的时间够长，肚子会鼓成黄豆么大。"

说完，她在我惊悚又崇拜的眼神中，潇洒地掐出一指甲盖的鲜血。

有了新丽姐的预警在前，我处处小心，成功地拦截了一大批觊觎我鲜美血液的草爬子，仅仅是在辽宁地区被咬过两回。因为处理及时，稍微痒了一会儿便没事了。

新丽姐还教过我如何下网捕鱼，一顶类似小雨伞的尼龙网，从顶部的小洞口塞进自制的饵料。天黑后，我们骑摩托车去几里路外的小溪里放好,隔日天亮前再取回来。溪水杂鱼个头小,但肉质细腻。我们前后放了几次网,收获颇丰。可恨的是,当地养鸡场的人趁着下雨天偷偷往小溪排放鸡粪,把溪水弄得很脏,再没法子抓鱼了。

她偶尔也和刘大哥闹点小情绪,发一通火,就自动消气了。刘大哥对此的评语是:"你姐姐这个人嘛,刀子嘴,豆腐心,大炮筒一只。"

刘大哥每天早上起床,习惯先跑进蜂场忙乎,新丽姐煮好了早饭,不扯着喉咙喊他,他都不回帐篷刷牙洗脸。刘大哥比新丽姐年长二十五岁,新丽姐有时会像韩剧里那样戏称他为"大叔",但在现实中,反倒是新丽姐处处以刘大哥为重。转场的夜晚,她抱着膝盖缩在后排铺位的角落里,尽量腾出最大的面积让刘大哥躺下睡觉。有时雇不到挑蜂箱的工人,装卸没有帮手,她二话不说,抢在刘大哥前挑起沉甸甸的高箱。她洗完头,顺便也帮刘大哥洗个头。刘大哥的头发长了,懒得去理发店,她把自己的围裙系在刘大哥的脖子上,一把老式的推子也能理出个端正的发型。刘大哥闲时习惯吃点零食,我和新丽姐去赶集,她买好了饭菜,定然要备些蛋糕、酸奶,放在床头的塑料箱中。在辽宁大连采洋槐花蜜的那段时间,天气渐渐热了,刘大哥从家里带出去的长袖不合适,嘀咕了几句。新丽姐隔日就拉上我,专程赶去瓦房店市区,东挑西选,斥资三百元,帮刘大哥买回了两件有牌子的全棉衬衣。

她自己呢，里里外外，上上下下，统统是拼多多的特价包邮款。她在常河营时入手了一件五块八毛钱的淡青色睡裙，质地柔软，轻薄舒适，洗了好几水也没起球。她心满意足，力劝我也上网抢购一件。

我的志趣不在买衣服，独对地方风味的吃食垂涎三尺。在江苏东台，享受过几次地道的鱼汤面。在山东泰安，吃了鼎鼎大名的火烧、煎饼、水饺、卤煮。在大连瓦房店，乘着当地人的车去得利寺尝了好几种现摘的大樱桃。唯北票的常河营最为寡淡，集市上什么特色也没有，我于是退而求其次，从东北老乡手里买了两只成天在玉米地里刨土找虫子的"溜达老母鸡"打了打牙祭。

鸡从口袋里抓出来，还没来得及发声，就被新丽姐放光了血。拔毛、开膛破肚，手法利落。一只鸡搭配几样蔬菜，揉好的面粉团浸在水里醒一醒，再取出来拍成薄饼贴在锅沿上，组合成了香喷喷的"地锅鸡"。

下雨天，蜂场清闲，新丽姐刷着抖音里的煎饼教程，就地取材，用一根废弃水管在砧板上擀面皮子，转眼间为我和刘大哥呈上了一道香酥美味的小点心。她的厨艺佳，炒、煎、炖、凉拌，样样拿手，尤为出彩的是糖醋肉或糖醋鱼，名义上是糖醋，其实是蜂蜜醋。纯正的蜂蜜上色好，口感绵长，甜而不腻，远胜于白糖和冰糖。她每做一次这道菜，刘大哥就由衷地在我面前夸赞一句："你姐姐烧的糖醋肉（鱼）一等一！"

我问新丽姐："你是不是学过厨师？"

她摇摇头："厨师没学过，在广东开过小饭店。"

我恍然大悟："哦！你开饭店时跟着大厨学过。"

她还是摇头："那会儿，什么也不懂，半夜起床去菜市进货，一个人撑着个门面，迎来送往，哪里有空去后厨学烧菜。"

饭后，我和新丽姐牵着小安沿着蜂场外的路散步，她最爱瞅的是路两边人家的房子。她说，自从干了养蜂这一行，就再没有住过像样的房子。带着蜂群一路向北，连门也锁不了的简易帐篷是唯一的选择。颠沛了几千公里回到慈溪，又因为蜂场不宜安置在人口集中的村庄，还是得避在空旷之处。有时候住帐篷，潮湿又不透气。运气好的时候，能租到一只稳固些的集装箱。阳历八月底，阳光还没有收起锋芒，集装箱里闷热难耐。下雨时，密集的雨点砸在集装箱顶，噼里啪啦的，很是聒噪。

我问新丽姐："你和刘大哥还打算养多久的蜜蜂？如果不做蜂农了，天天待在慈溪老家，不就可以与风餐露宿划清界限，享受安居乐业的小日子吗？"

新丽姐笑笑："我也盼着这一天早点来呢。"

说是这样说，"这一天"又会是哪一天呢？

五

回家

傍晚七点一刻，淡淡的暮色晕染开来，我们三人依次坐进了驾驶室。司机发动车子，轰隆隆地朝着东方出发了。行进了一里多路，经过小河南家的蜂场，他们夫妻正侧身说着话，听到货车的声响，齐齐扭头，笑眯眯地望了过来。我很想摇下车窗玻璃，冲他们俩大喊一声"再见"。但只是伸出手的瞬间，货车已经把他们的帐篷远远地抛下了。

回家的路（一）

八月七日上午，新丽姐在微信上委托亮哥帮忙订高栏货车。亮哥是安徽人，主业养蜂，副业是货运中介，目前也在北票市采荆条蜜。因了他自己的蜂农身份，所以愈加体谅蜂农的不易，总能帮转场的同行们找到价格公道的货车。

之前的几次订车，亮哥不用几个小时便完成了任务。但这一次，从七日下午至八日上午，迟迟没有回复。新丽姐捏着手机嘀嘀咕咕："亮哥怎么不吱个声呢？是不是不太好叫车？万一叫不上车，我们又得多待一天了。"

我也暗暗着急，追随刘大哥夫妻北上四个月了，非常地想念儿子。儿子下学期升高三，暑假缩短了三分之一，学校规定八月十六日正式开课。他几乎每天都打一次电话催促我："妈妈，你什么时候回家？可不可以早点回来？再不回来的话，我开学前都见不到你了！"

我们蜂场是六月二十四日凌晨抵达的常河营，那时旱情严重，荆条花的前景堪忧，刘大哥预估八月十五日之前回浙江慈溪。为了安抚儿子的情绪，我早早向他透露了归期。

荆条的花序顶生或腋生，花期较长，且今年由于气候得宜，花期比往年又往后推迟了至少十天。早荆条的花谢掉了，晚荆条又续上来了，雨水一催，花苞一批接着一批，前后能绵延两个月。而且，此地的辅助蜜粉源充足，条件很适合"换王"。周边的几个蜂农邻居都计划在常河营待到八月底，换了新蜂王才搬家。

我们要比他们早走一步。刘大哥的老家在慈溪附海，那里是全国闻名的丝瓜络之乡，不光丝瓜花铺天盖地，连片的南瓜花、冬瓜花也数目可观，蜜蜂们得天独厚，不愁无蜜可采。另一方面，我知道，刘大哥夫妻善解人意，有心成全我和儿子早日团聚。

八月八日中午，我正在做饭，新丽姐的手机响了——亮哥推荐的司机打来了电话，约好九日上午就位。尘埃落定！我忍不住龇牙一乐。新丽姐打趣我："啊呦，看把你高兴的——赶紧知会你儿子吧，妈妈后天就能到家了，他不知道多激动。"

刘大哥翻看了导航：一千八百多公里的路途，加上司机的中途休息时间。一切顺利的话，大约需要三十个小时。

太阳快下山了，新丽姐走进我的帐篷，小声地问我："那件事你准备什么时候做？"

我心领神会，当即从贮藏食物的蜂蜜桶里拿出一包五香鹌鹑蛋，一包多味鸡翅，一包夹心面包，依次放进不锈钢盘子里，呈"品"字形搁在我帐篷后门的一只蜂箱上，然后点燃了三支香，双手举至额前，虔诚地对着蜂场后方鞠了三躬，正色道："大榆树下的东北大爷大妈大叔大婶们，我们与你们为邻，待了四十六天，若有失礼的地方，请多多担待。明天我们就要回家了，感谢你们的包涵。"

香燃到一半，新丽姐也走过来，站在我旁边，一起作揖，轻声地祈求："请保佑我们平安到家吧，谢谢了。"

我们追花的末尾一站，是常河营地区赫赫有名的"大坟圈"。二〇一〇年，刘大哥夫妻第一次来常河营乡打荆条蜜，蜂蜜收购商老梁就把他们分配在这儿。照老梁的说法，是欣赏刘大哥的为人稳重，特别优待。大坟圈的土层厚，荆条长势明显优于别处，属于难得的蜂蜜高产区。也是那一次，新丽姐从东家大婶的口中得知了大坟圈的由来：在以树皮草根果腹的灾荒年代，人们贫困交加，附近几个屯里陆续因饥饿死去的村民无法体面地安置，只得统一埋葬在了这儿。随着光阴的流逝，有些逝者的晚辈迁出了故人的遗骸，做了更妥当的安排。一部分逝者的亲属没有来惊动先辈的灵魂，依然把他们留在了这个遍布大榆树的山脚。

十三年前，大坟圈的荆条远没有眼下这么密集繁盛，刘大哥夫妻推开帐篷门，一眼便能望到五十米开外高高低低的坟堆。十年的时间过去了，荆条树郁郁葱葱，枝叶扶疏，在榆树林与蜂场之间形成了一道天然的屏障。换句话讲，今时今日，坟堆仍然静默在那里，只是我们看不见罢了。

在瓦房店的最后几天，新丽姐提前向我透露了实情。她问我："陈慧，我们要去的这个地方，你害不害怕？"

即便害怕，成年人也没有资格当逃兵。箭在弦上，不得不发。从慈溪出来后，四个落脚点可谓各有千秋。江苏东台的居住环境相对好一些，除了天天刮大风，飞沙迷人眼。山东泰安的徂徕山景区，我的帐篷与二十四小时川流不息的盘山公路相距不足三米，夜夜都被各种重型卡车的轰鸣声惊得魂不守舍。在瓦房店的蚂庙山，我们竟然住在垃圾堆中间。五颜六色的生活垃圾顶多难看些，村民们趁黑偷偷倾倒的鸡粪牛粪才是重磅炸弹。东一堆，西一堆，天晴落雨，一律臭得人愁肠百结。好不容易脱离了面目可憎的垃圾堆，还没来得及松口气，北票常河营的大坟圈又令我心头一凛。

我强作镇定："姐，你们能住，我也能住。"

离开瓦房店前，新丽姐去集市买了一把香，我买了一袋面包。到常河营的当天，打理好了容身之处，我点燃三支香，在蜂箱顶摆了一盘子面包，朝榆树林的方向作过揖，通报了一声。

正式住下来后，我们去常河营乡里赶集，超市老板娘听说我们蜂场在大坟圈,立刻闭口不言。有天傍晚,我在马路上溜达,遇到了附近屯里一位四十多岁的男村民,他直言不讳地告诉我,天黑后,当地人都不敢靠近这里。

某些夜晚,帐篷里一团漆黑,我躺在坚硬的木板床上,听着外面此起彼伏的鸟叫虫鸣,不由自主地想起去年夏天故去的养母。假如人间之外真的有阴间,该多好!我们这一世走失的亲人就还能在另一个世界重逢。那些爱过我们的人也没有消失,他们只不过是在下一站候着。等我们赶过去时,还能和他们再次欢聚。

每次牵着小安散步返回,我总会在驻地外站一会儿。夕照微黄,天空澄明,饱经沧桑的大榆树树冠浓厚如云。

不久前,这儿还是荒芜的、森然的。现在,蜂群嘤嘤嗡嗡,热热闹闹。两顶蓝色铁皮帐篷,紧紧相依。零零碎碎的物件摊在地上,松散却不凌乱。人的气息生动有力,从容地在严实的草丛中建造出一片天地,撑开了生命的范围。而当我们撤离后,被蜂箱压倒的野草又将挺起脊背,小虫子们无须刻意回避,悠闲地走在老路上。一切又会慢慢地,恢复成原貌。

八月九日中午十一点多,拉我们回慈溪的货车出现在蜂场外的马路上。司机五十八岁,辽宁营口人,中等身材,圆盘大脸,讲话中气十足。新丽姐很满意他的状态,觉得他是个能熬夜的主儿。可司机并不满意我们的人数，拖着东北腔表示："要是晓得你们是三个人，我就不接这趟生意了。"

我很奇怪，那么大的货车，还在乎多捎百十来斤的一个人？

新丽姐说："我们三个人都不胖，你的驾驶室顶部不是有张卧铺嘛，到时候躺一个上去，大家又不挤。"

午饭碗刚刚放下，刘大哥事先约好的两位师傅开着摩托车来了。我们抵达常河营时，接应的是他们。我们要回家了，送别我们的依旧是他们。九日下午，他们本来受雇于另一户转场的江西蜂农，但为了助刘大哥夫妻一臂之力，年过半百的他们还是抓紧时间赶来帮忙装车。

所有的空件照例归摞在车厢的前端，然后才开始一排一层地码上蜂箱。四点多，蜜蜂们还在外工作，挑蜂箱为时尚早。可江西蜂农不时打电话来催，刘大哥不愿两位师傅为难，想出了一个折中的办法：分两批挑，先把七八十只蜂箱挑上车，师傅们就可以去下家了。余下的三四十只蜂箱暂且不动，等于给没下班的蜜蜂们留了门。待到时机成熟，他和新丽姐会自行解决剩下的蜂箱。

下午四点半，之前略显拥挤的蜂场陡然空了出来。两位师傅擦去满头满脸的汗珠，顾不上喝水，匆匆忙忙地走了。我们三人坐在帐逢左侧的树荫下，盯着蜂场上空惊慌失措的蜜蜂们出神。

刘大哥叹了口气，幽幽地说："它们乱了，找不到家了。"

我们要回家了，一些蜜蜂却失去了自己的家。失了群的蜜蜂，等于失去了活下去的动力，很快会消亡在它们采过蜜的荆条树下。

五点五十分，刘大哥夫妻拿起扁担走向场中的蜂箱，你一担，我一担，各自挑了几趟，扫尾成功。关着小安的箱子被叠在车厢最后一排的蜂箱上。关上了车门，我还能听到它压抑的呜呜声。这只软弱胆小的傻狗跟着我辛苦奔波，再忍一忍，熬一熬，四处辗转的日子就要结束了。

刘大哥站在车顶，新丽姐立在车下，两人默契地绑着绑带。傍晚七点一刻，淡淡的暮色晕染开来，我们三人依次坐进了驾驶室。司机发动车子，轰隆隆地朝着东方出发了。

行进了一里多路，经过小河南家的蜂场，他们夫妻正侧身说着话，听到货车的声响，齐齐扭头，笑眯眯地望了过来。我很想摇下车窗玻璃，冲他们俩大喊一声"再见"。但只是伸出手的瞬间，货车已经把他们的帐篷远远地抛下了。

回家的路（二）

关于如何消磨一千八百多公里返乡路途中的无聊，我早早做了两个安排。

第一，吃东西。为此，我和新丽姐特地跑了一趟常河营乡的超市，买了一包五香鹌鹑蛋，两大包鸡翅（一包五香味，一包香辣味），两大包鸡爪（一包泡椒味，一包酱香味），以及小袋面包若干。

第二，拍照，录视频。毕竟"跟着蜂农追花"这件事在外人眼里还是有点格调的，虽然日日住在兔子都懒得拉屎的荒郊野外，除了赶集散步，基本蹲在帐篷里寸步不移，但并不妨碍返程途中拍拍风景照，配上清新的文案发发朋友圈。既有凯旋的小得意，又有勾人羡慕的小心机，就是要让那些天天朝九晚五坐班的朋友十只手指点赞都来不及！

想象是美的，现实是衰的。

八月九日的午后，气温高，挑蜂箱的时机也不对，蜜蜂们狂飞乱舞，攻击性特强。我不过是光着脑袋跑进蜂场给新丽姐递了次喷烟机，一只慌不择路的蜜蜂立即把全部的怒气发泄到了我的下嘴唇上。剧痛过后，下嘴唇很快红肿鼓胀。于是乎，我没花一毛钱，就充分体验到了医美丰唇的效果，拥有了电影《东成西就》中梁朝伟的同款香肠嘴的副作用是：喝水漏水，讲话漏气，更甭提啃鸡翅鸡爪了！

坐上车之前，口福首先泡了汤。等坐上车后，发朋友圈的计划也搁浅了。常河营乡到义县的那几十里路实在太破了，高低不平，坑坑洼洼，唐僧西天取经的路怕也没这么糟糕。货车时而猛虎下山，时而神龙摆尾，只差空中来个三百六十度大回环。我窝在后排，一头一脸的冷汗，强压着蠢蠢欲动的呕吐感，死死抠着副驾的座位，痛苦地想到了菜市场里给家禽脱毛的电动滚筒，觉得此刻的自己像极了那些没剩几根毛的鸡鸭鹅。

坐在副驾的新丽姐浑然不觉我的悲催，兀自扭过头问我："陈慧，你记不记得，我们来的那天夜里走的就是这条道？"

我像个溺水的人，颤颤巍巍地向她伸出了爪子："快把茶杯递过来，我要吃晕车药！"

吃第一颗晕车药时，货车重重一记弹跳，杯中的水猛然冲上我的鼻孔后又直直地灌进了我的衣领。熬了大约十分钟——也许二十分钟，头晕和恶心依旧，我不得不追加了第二颗。

货车驶入义县县城时，暮色四合，城市弥漫着薄雾的气息。

翻江倒海的难受像潮水一样退下去了，我总算能腾出眼睛欣赏欣赏窗外华灯初上的夜景了。新丽姐爬上了车顶的卧铺，我换到副驾的位置，把整个后排让给刘大哥。

司机一边开车，一边对着手机导航小声地念叨："走哪里好呢？京哈高速修路，沈海高速也修路，都在修路。"

我眯上眼睛，由着他自言自语。这个点上的司机没犯困，不需要我拉着他闲扯提神。选路线的话题，东西南北都分不清的我确实接不了。

午饭桌上，司机有意无意地透露过他的资历：二十四岁开大货车，天南海北三十四年，跑得最勤的一条线是沈阳到温州。温州离慈溪又不远，我完全不担心他跑错路。

但司机表现得很慎重。拉转场的蜂农和运输其他货物不一样，容易失控。至少有三次，犹豫不决的司机把车子停在了安全地带，戴上老花眼镜，仔细对比导航上推荐的方案。作为华北连接东北的大动脉，京哈高速时常发生长时间的拥堵，他不希望蜜蜂在自己的车上出岔子，想力争天亮前出山海关。

依照导航的提示，司机完成了高速和国道之间的几次切换，七拐八绕地行进了约三小时，在一个昏暗的十字路口，他放慢车速，歪着脑袋盯着路边的标识牌咕哝了一句："咦，怎么到凌海来了？"

刘大哥苦笑着说："傍晚七点半开出常河营，几个小时了，不应该只跑这么点路嘛。"

司机把手机从支架上取下来,指着屏幕上一段长长的红粗线给我们看:"喏,高速堵得这么长,上去了,一时半会儿怕走不动啊!"

他无奈地摇摇头,一踩油门,又轰轰隆隆地向前挺进了。沿途的场景不断变化,霓虹闪烁的热闹市区,半明半暗的城乡接合部,洞穴一般幽深的旷野远郊……隔着薄薄的一块车窗玻璃,它们显得一样的虚妄、模糊。

晚上十点多,司机把车开进路右侧一家小饭馆前的空地上,说要去填填肚子。他出了驾驶室,我们三人自然也跟着下了车。我绕到货车后方,敲了敲车栏,喊了声"小安,小安"。车厢里回应我的是一串可怜巴巴的哼唧声。

北方的夜风凉爽通透,吹在脸上,舒适极了。我看了看四周,偌大的空地上居然还陈列着几辆崭新的长挂车。我伸手在平平展展的挂车面上撸了一把,暗自盘算,要是干净的话,我就躺上去睡到司机回来。

结果,手掌蹭了厚厚一层灰。

司机很快回到车上,我们三人各就各位。驶离小饭馆的停车场,向前跑了没几里,司机突然腾出一只手指用力在手机屏幕上戳了戳,果断掉转车头:"切!瞎指挥的玩意儿,不能净听它的喽!"

货车飞驰,路两边深色的树木与建筑在朦胧中尽显神秘。闪亮的灯柱生生地在黑夜中挖出一条似乎没有尽头的隧道,坐在车内的我仿佛置身于另一个空间。后排的刘大哥打着舒畅的呼噜,躺在上铺的新丽姐也进入了梦乡。我偷偷观察了一会儿司机,见他目光炯炯、毫无疲态,便放心地打起了瞌睡。

恍惚中,货车缓缓地滑进了一条岔道,然后,熄火不动了。我用力睁开眼皮,环顾了一圈,晕黄的灯光下,窗外那些满载的大货车宛如沉默的巨兽——应该是司机累极了,找了个服务区休息。

服务区不断地有车子进来,司机生怕被堵住了,一时半会儿出不去,终究没敢多待,浅浅地打了个盹儿,用力拍了拍自己的脸颊,继续上路。他发动车子时,新丽姐从上铺下来,和我对调了位子。我一躺上松软的海绵垫子,立刻掉进了黑甜乡。

惊醒我的是刘大哥的声音,我听到他在焦急地催促道:"师傅,师傅,天快亮了!"

原来在我熟睡的这段时间里,司机跑着跑着,又扛不住了,第二次找了个服务区停下来补觉。刘大哥这么一喊,司机马上回过神来,重重叹了口气,缓缓地开出了服务区。

我翻了个身,又深深地睡去。醒来时,天已亮透了。高高的上铺限制了我的视线范围,淡黄色的车顶棚之外,什么也看不到。我努力归拢了涣散的思绪,探下身子问道:"出山海关了没有?"

刘大哥说:"山海关早过了,这会儿是河北境内!"

我捏了捏自己的嘴唇。一夜工夫,肿胀已消退了一半。可以吃东西了!

八月十日早晨六点五十分,货车泊在了天津市滨海新区服务区一角。我和新丽姐下了车,往茶水间走时,广场外的长椅上蜷缩着一个中年男人,枕着自己的旅行包,睡得沉沉的。有人在他的面前走过去,又走过来,脚步踢踢踏踏,但他顾自睡着,一动不动。

出了茶水间的门,老远就望见我们货车顶飞舞的蜜蜂。要不是转场回家,蜜蜂们这个时间该飞出去工作了。

我和新丽姐加快步伐,一路小跑,上了货车。司机问道:"飞出箱的蜜蜂怎么办?我们一开车,它们能跟得上吗?"

刘大哥说:"它们怎么跟得上汽车?飞出去的,就丢在这里了。师傅,拜托你了,白天我们能不停,尽量不停。"

回家的路(三)

尽管车里的冷气一直没停,可太阳出来后,上铺就热得躺不住了。八点钟,新丽姐挪去了后面的铺位,和刘大哥坐在一起,把副驾的位子让给了我。

从接近于封闭空间的上铺换到视野开阔的前排,那种欢欣如同一个失明的人突然之间看见了世界,眼睛简直不够用。

看一辆辆超越我们的车辆:大大小小,颜色各异,犹如奔腾的野马,你追我赶,迅捷而自由。

看相邻车厢内装载的货物:工业机械、包装材料、建筑用品、大件家具、汽车、蔬菜水果、牲畜活禽……五花八门。大货车运输的牲畜主要有三种:粉色的猪被关在多层隔栏中,背上涂鸦着数字;羊的长耳朵耷拉着,浑身脏兮兮的;牛温顺又茫然地站在车厢里,对自己即将抵达的终点站毫不知情。活禽一般是鸡和鸭,那么多的鸡鸭在扁扁的塑料箱里挤成一堆,面目模糊,只能看到塑料箱缝隙间闪出的白色毛羽。拉蔬菜水果的货车车厢边往往围着一圈草垫子，两车并行的时候，我总能在草垫子上发现两只不大不小的洞——那是收费站的工作人员检查时扒拉出来的。新丽姐告诉我，有一年，他们家和另一户蜂农拼车，在收费站进口处发生了拥堵，他们乘坐的车子与一辆拉水果的货车贴得很近，同车的蜂农闲极无聊，把手伸出窗外，在草垫子上掏了两下，居然掏到了一只香喷喷的大苹果。

看沿途的景致：规模宏大的光能发电区，干瘪消瘦的滩涂，朴实从容的村庄，在阳光下闪闪发光的河流，高低起伏的山坡和绿意盎然的田野……在山东境内的某一段，我望见公路下大面积种植的一种宽叶子的翠绿色植物，忍不住惊叹起来："啊！啊！好多莴笋啊！我最喜欢吃莴笋啦！"

刘大哥呵呵地笑。

新丽姐指正中暗藏着温柔的敲打："那可不是莴笋，是烟叶。你好歹算个作家，怎么连这个都分不清呢。"

就连司机也分神瞟了我一眼，慢悠悠地说道："不常出门的人嘛，世面见得少，难免大惊小怪。"

虽然遭到了老江湖们的群嘲，但一点没影响到我愉快的心情。到了山东，就意味着回浙江的路程只剩下一半了。

阳光穿透车前的挡风玻璃，烫烫地跳在我的腿上，与车内的冷气短兵相接。司机铆足了劲儿，一往直前。渴了，大家小口小口地抿点矿泉水；饿了，吃两块面包充充饥。下午三点十四分，一闪而过的路牌上出现了"南通"两个字——家乡的地名和父母的面容是相连的，我的心底陡然升腾起一股暖意，货车快要进入我家乡的地界，我离我的爸爸妈妈不远了。

二十多个小时的行程，司机仅勉强合眼了两三个小时，他已经很累很累，面色灰暗，时不时揉揉眼睛，揪揪眉毛。五十八岁的人了，大半天没能吃顿像样的饭，在接我们这趟业务前，他跑的也是一趟上千公里的长途。

为了消减司机的困意，我和新丽姐心照不宣地和他拉起了家常。他讲了他的家庭儿女，以及从业生涯中的两次车祸。第一次出车祸，他三十岁出头，头脑灵活，身手矫健，车子从桥上翻下去的瞬间，他破窗而出，捡回了一条性命。第二次出事是他疲劳驾驶，前面的小轿车都被他当时那辆十一米的大挂车拱下了路基，他还趴在方向盘上睡得香喷喷的，直到交警来将他叫醒。

我问他以前有没有与蜂农打过交道，他颓然地说："七月份刚拉过一次省内的短途，天黑出发，后半夜就到了，没费什么劲儿。像这种三千多里的大转场，白天不能随意休息，太熬人，以后再也不干了！"

我把拆开的香辣鸡翅、泡椒鸡爪陆续递到他手中，让他啃着提神。新丽姐诚恳地宽慰道："师傅，辛苦你了，再坚持坚持，太阳下山后，我们找个服务区歇歇脚。"

不要说注意力高度集中的司机疲惫，就是干坐在车里不动弹的我们，都很想瘫倒睡一觉了。

车轮的高速飞转中，天空不知不觉地拢起锋芒，变得柔软清和。黄昏迎上来时，货车无巧不巧地驶进了如皋服务区内。

晚七点多，如皋的夜温居高不下，风扑在脸颊上热烘烘的。我站在广场中央，仰望着服务区楼顶那排半明半暗的霓虹灯犹豫不决：我有一年没见过自己的父母了，于情于理，都该回家去和他们碰个面。可服务区离父母家尚有距离，即使我即刻打车，在道路顺畅无堵的情况下，单程至少耗费半个小时。刘大哥夫妻预计在此处逗留两个钟头，纵使我紧赶慢赶，在父母身边也只能待上短短的几十分钟。凳子还没焐热便要辞别，徒增父母伤感，倒不如不去惊扰他们。

我拨通了爸爸的手机，却无人接听。这个点上，他和妈妈应该是外出散步了。我又联系了离爸爸家最近的二姐，大致讲明了情况。急性子的二姐在电话的另一头喊道："怎么不早点通知我呢——你待在那儿别动，我现在把爸爸妈妈送到服务区来陪陪你。"

某些时刻，至亲的人是定海神针，哪怕见不了面，只是简单地说几句话，也足以慰藉我们不知所措的心。

我劝阻了她:"我们也没预料到会在如皋停车嘛——你不要送爸爸妈妈过来,天太热了,他们吃不消。我就是告诉你一声,我这会儿到家门口啦!"

趁着司机酣睡,我和刘大哥、新丽姐三人在服务区里闲闲地溜达了一圈,洗了把脸,吃了一天中唯一的一顿正餐后,坐到正门外的台阶上纳凉。奈何如皋的蚊子既不认生,也不念旧情,追着我们三人猛叮。刘大哥本就不放心蜜蜂,索性走去了货车边,我和新丽姐待在原地噼里啪啦地拍打蚊子。

九点多,刘大哥急匆匆地跑过来,说蜜蜂们受不住热,已成群结队地爬出了箱子。

蜜蜂一般不夜间活动,倘若任由乱了章法的蜜蜂们滞留在箱外,车子开动时形成的气流就会将它们统统掀翻在马路上。当务之急是朝蜂箱上喷水,给骚动不安的蜜蜂们降降温,尽可能地让它们回到巢中。

刘大哥踩着高栏翻进车厢取出喷壶,新丽姐举着头灯照明,两个人左左右右喷了两三遍,这才敲敲车窗把司机叫醒。

我爬到了上铺,妄想美美地睡一程。可在三十摄氏度的夜温和身下厚墩墩的海绵垫子的双重夹击下,狭小的上铺犹如闷罐子。我勉强躺了一会儿,又默默地退了下来。新丽姐见顶铺得了空,利索地爬了上去。

十来分钟后,她满头大汗地坐回刘大哥的身边,不甘心地嚷嚷道:"上面怎么那么热!"

我"英俊"地一笑:"要是不热,我怎会舍得下来?"

深夜的车灯,浩浩荡荡地集聚起一条光的河流。我们的货车夹杂在其间,风驰电掣。八月十一日夜里一点半,过了杭州湾新区收费站,又跑了半个小时,最终到达了刘大哥的老家慈溪市附海镇郑家浦。

车子停稳,我的第一件事是拎下装着小安的箱子。关了三十多个小时的"禁闭",小安又渴又饿,吧嗒吧嗒地喝光了一瓶半矿泉水。提前约好帮忙卸车的同行尚未到场,拥挤重叠的蜂群却迫切需要散热。借着头灯微弱的光亮,刘大哥夫妻深一脚浅一脚地往驻地上抬蜂箱。

郑家浦的驻地离海边不远,四周尽是树木杂草,蚊子多得不计其数,它们长期吃素,好不容易闻到了人味儿,岂肯善罢甘休?我拉着小安在驻地外的水泥路上来来回回地走动,都不能阻止蚊子疯狂的冲锋。

苦熬了两个小时,鱼肚白隐约在东方浮现,我给家在下一灶村的好友珊燕发了信息。下一灶村距离郑家浦十来里路,天刚亮,她就开车过来接我。自四月八日到八月十一日,总计一百二十多天,我只是在大连瓦房店进过一次浴室,其余都是半盆水的"擦澡"。在珊燕家的浴室里,我仔仔细细地洗了一次，从身上搓下来的、壮硕的黑泥掉落了一地。即使作为一个活得较为粗糙的中年妇女，我还是不免深深汗颜。

洗好了澡，在空调房里美美地睡到中午，吃了午饭，又美美地睡到傍晚。珊燕拉上我去了郑家浦，装好所有的行李，顶着夜色送我回小镇梁弄。

第二天一大早，我回到慈溪取摩托车，接小安。跟随刘大哥夫妻整整四个月，三个人相处融洽，如同家人一般亲密。真的到了正式分开的时刻，忍不住生出了别离的惆怅。我牵上小安，请旁人为我们这个特殊的小团体拍了一张合照。阳光刺眼，新丽姐的手下意识地抬到了额头上。刘大哥抿着嘴，略显拘谨。

按照最初的设想，我们三人一狗理应在每一个追过花的驻地都拍照留念，但转场的当天总是非常仓促劳累，大家忙着忙着，就忘记了拍照这件事。

骑摩托车带小安回小镇梁弄，白花花的猛日头扎扎实实晒足了一百一十里，一路顺利。恼人的是：小安久不乘坐摩托车，慌得大小便失禁。然后，它在箱子里坐立不安，爪子上糊满了新鲜的狗屎。而它又因为害怕，不时用爪子扒拉我的后背寻求安慰……你们懂的！

后记

人这一辈子，总要出走一次

我打小很宅。村里同龄的小伙伴们不带我一起玩，我也无所谓，有一本厚实的书捧在手上，就能在屋前的水杉树下坐到天黑。自记事起到十三岁，我去得最远的地方是一百多里外的南通——三姨结婚，姨父家办酒席，派了辆面包车来接女方至亲。乘车途中，我数次晕车，把面包车吐得一塌糊涂，身体的不适加上驾驶员嫌恶的眼神，在年幼的我心中留下严重的阴影。此后，一提到出门，就联想到"遭罪"二字，下意识地排斥。

十四岁到二十六岁，我在如皋县城读书，职高毕业，开了间小小的裁缝铺子。一天到晚，像只勤劳的小蜜蜂一样，把我妈用过的那台"飞人牌"旧缝纫机踩得咔嗒咔嗒响，很少会停下手中的活计，抬头望一望头顶的天空。最大的憧憬不过是日后找一个近处的丈夫，随时能回娘家，吃到妈妈亲手做的热腾腾的饭菜。

后来，我身染顽疾，不得不终止了裁缝生涯，被远嫁浙江的小姨接过去养病。二十七岁，我嫁到浙东小镇，正式落户。听起来，天地似乎变宽广了；实质上，固有的生活模式并未因地域的切换而有什么不同。二十九岁，我用一辆自制的手推车摆起了流动小摊，开启菜市场到家里两点一线的日子。每天不等天亮就起床，匆忙赶去喧闹的菜市场，忙碌一整个上午。下午半天，如果不必去市区进货，我就专心在家陪伴孩子。孩子进幼儿园后，我午睡醒来，闷在屋里看看书，写点不着边际的文字，直到去学校接孩子的闹钟响起，才踏步迈出房门。四十岁，我的婚姻解体。孩子渐渐长大，读寄宿学校。我一个人默默地进进出出，在不知不觉中，活成了他人眼中一个形单影只却又特别强大的人。

但只有我自己清楚，我的强大不过是戏台上提着铜锤唬人的花脸。某个宁静的夜晚，我站在家门前，对着满天的星子，问自己：陈慧，你快乐吗？

答案是：不快乐，我很不快乐。

"出去转转"的念头就是在那一刻倏然而生的。并且，越来越迫切，迫切到如果不能如愿出行，简直坐立难安的地步。

跟随蜂农追花逐蜜的四个月，是我有生以来最紧张的一段经历。忙碌的日常和艰苦的转场赐予了我从未有过的体验。在江苏东台弶港，十级狂风黑夜来袭，暴雨倾盆，我蜷缩在剧烈抖动的简易帐篷内面如死灰、瑟瑟发抖。在山东泰安化马湾，我的床头距离盘山国道不足三米，重型货车的喘息声彻夜不停，惊得我神经分分，夜夜难眠。在辽宁大连瓦房店，驻地对面横陈着一头将腐未腐的死猪，夜幕降临，嚣张庞大的苍蝇军团入侵帐篷，爬满了我目光所及的每一寸地方，似乎能随时随地将我吞噬。在辽西北票的常河营，不光有近在咫尺的重量级牛粪包，还有不用踮起脚尖就能一目了然的老坟堆。那是当地人在光天化日之下都轻易不敢踏足的禁地，我们却要硬起头皮在那里安营扎寨。

幸运的是，几千公里的颠沛，每到一处落脚点，虽有大大小小的不如意，但也收获了众多美好的回忆。所有的感动和感激汇流成河，诞生了《去有花的地方》这本书。

二〇二三年八月中旬，从蜂场返回的我，重新回到原来的生活轨迹。普通人的生活，还要继续苟且。但至少，我不再是原来那个郁郁寡欢的自己。

想起几年前春天的一个中午，我收了摊，走进梁冯桥的小吃店。在我吃馄饨的当儿，店里多出了一位讲普通话的中年男人，微胖，胡子拉碴，眼袋耷拉，满脸倦色。他点了份八块钱一碗的蛋炒饭，坐在我对面吃得斯斯文文。他的重型机车停在小吃店门口，两只鼓鼓囊囊的行李袋绑在车座上。我忍不住好奇，厚着脸皮与他搭讪。知道了他是福建人，在上海谋生多年。几乎每一年春季或秋季，他都要挤出时间，一个人骑着摩托车离开家，没有目标地闲逛，逛完一圈再回去工作。我当时盯着他骑行服领口和袖口上泛滥的黑色污渍，看了又看，实在想不通这样的"千里走单骑"究竟有何意义。不安全，还辛苦，又孤单。老实蹲守家中，热饭热菜热水澡，难道不比风餐露宿的折腾更舒适吗？

事过境迁，我终于能理解那种独自"摩游"的心情了。人常常寄望远方，并非就向往别样的长久生活，只是想借助这日日相见的浮生中偷得的有限自由，衍生出非凡的勇气，重新扑腾在庸常的柴米油盐里，而已。

二〇二四年四月

陈慧

菜场小贩,作家

一九七八年生于江苏如皋,现定居浙江余姚

二〇〇六年开始在菜市场摆摊,持续至今

二〇一〇年开始写作

二〇一八年出版散文集《渡你的人再久也会来》

二〇二一年出版散文集《世间的小儿女》

二〇二三年出版散文集《在菜场,在人间》

去有花的地方

作者 _ 陈慧

编辑 _ 王奇奇　　装帧设计 _ 孙莹　　主管 _ 邵蕊蕊
技术编辑 _ 陈皮　　责任印制 _ 杨景依　　出品人 _ 李静

营销 _ 孙菲

果麦
www.goldmye.com

以 微 小 的 力 量 推 动 文 明

图书在版编目（CIP）数据

去有花的地方 / 陈慧著. -- 宁波 : 宁波出版社，2024.6（2025.4重印）
ISBN 978-7-5526-5357-1

Ⅰ．①去… Ⅱ．①陈… Ⅲ．①散文集－中国－当代 Ⅳ．①I267

中国国家版本馆CIP数据核字(2024)第084557号

去有花的地方

作　　者	陈　慧
出版发行	宁波出版社
地址邮编	宁波市甬江大道1号宁波书城8号楼6楼　315040
网　　址	http://www.nbcbs.com
责任编辑	苗梁婕
责任校对	叶呈圆
装帧设计	孙　莹
印　　刷	天津丰富彩艺印刷有限公司
开　　本	880毫米×1230毫米　1/32
印　　张	9.5
印　　数	43,001-46,000
字　　数	160千字
版　　次	2024年6月第1版
印　　次	2025年4月第7次印刷
标准书号	ISBN 978-7-5526-5357-1
定　　价	58.00元

版权所有　侵权必究
图书如出现印装质量问题，请致电联系调换（021-64386496）